KB262203

무정철협

월인 新무협 판타지 소설

FANTASTIC ORIENTAL HEROES

무정철협 1ㅁ

월인 新무협 판타지 소설

초판 1쇄 찍은 날 § 2013년 10월 28일
초판 1쇄 펴낸 날 § 2013년 11월 4일

지은이 § 월인
펴낸이 § 서경석

편집부장 § 권태완
편집책임 § 박은정

펴낸곳 § 도서출판 청어람
등록번호 § 제1081-1-89호
등록일자 § 1999. 5. 31
어람번호 § 제2-2416호

주소 § 경기도 부천시 원미구 심곡2동 163-2 서경B/D 3F (우) 420-822
전화 § 032-656-4452 팩스 § 032-656-4453
http://www.chungeoram.com
E-mail § chungeorambook@daum.net

ⓒ 월인, 2013

ISBN 978-89-251-3534-2 04810
ISBN 978-89-251-3131-3 (세트)

무정철협
武情鐵俠
월인 新무협 판타지 소설
FANTASTIC ORIENTAL HEROES
10
귀로(歸老)
[완결]
도서출판 청람

目次

제115장 이급령의 붕괴 | **7**

제116장 파탄 | **35**

제117장 뜻밖의 손님 | **57**

제118장 일차 계획 | **85**

제119장 대격돌 | **107**

제120장 계략 | **137**

제121장 출현(出現) | **159**

제122장 혈전의 서막 | **189**

제123장 역공 | **215**

제124장 돌파 | **235**

제125장 복수의 끝 | **259**

제126장 귀로(歸路) | **281**

第百十五章
이그렁의 붕괴

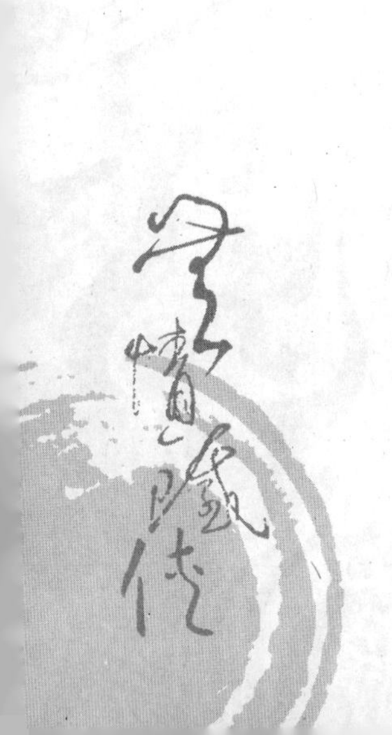

항마백룡대의 전서를 받은 무림맹 총단은 발칵 뒤집혔다.

그동안 흑도연합인 구천련의 준동으로 모든 신경을 그곳으로 집중하고 있던 터였다. 그들을 설득하기 위해 무림맹의 군사 제갈진이 목숨을 걸고 그들의 회합장소인 흑룡장으로 떠났다. 그리고 그 결과가 어떻게 되었는지 아직 보고도 들어오지 않았는데 그간의 모든 것은 속임수일 뿐이고 진정한 흑도의 준동은 홍화교의 마수가 은밀하게 스며든 녹림과 장강수로채에 의해 이루어지고 있다는 말이었다.

그동안 흑도가 아무리 중흥을 이루고 물이 불어나듯 세력이 커졌다 하더라도 흑도 세력의 진정한 힘은 녹림과 장강수로채에 있었다.

현 녹림의 대종사인 파천묵도 궁도학은 흑도팔황 중 명실상부한 일황의 자리를 차지하고 있다. 또한 장강수로채주인 조룡철간 막진월 역시 흑도팔황 중 이황의 위치에 있었다. 그것만 보아도 녹림십팔채와 장강수로채가 흑도에 있어 얼마나 큰 비중을 차지하고 있는지 알 수 있었다.

단적으로 말해 그들 두 세력이 흑도가 가진 힘의 반을 차지하고 있다고 해도 과언이 아니었다. 그래서 놈들이 움직이지 않는 한 대란은 일어나지 않을 것이란 생각을 하고 있었다. 한데 놈들이 홍화교의 주구가 되어 이급령과 함께 정도무림의 주축인 구파일방을 동시에 칠 것이라는 정보는 그야말로 청천벽력과 같은 일이었다.

"구파일방에 모두 소식이 전해지려면 얼마나 걸리겠소?"

무림맹주 선운진인이 다급한 목소리로 말했다.

"가까운 곳이라면 며칠 내에 가능하겠지만 먼 곳은 아무리 본방의 천리신구라도 족히 보름은 걸릴 것입니다."

비영각주 초영신개가 답했다.

"그럼 먼 곳은 소식이 전해지기도 전에 놈들의 공격을 받겠군요?"

선운진인이 탄식을 하며 말했다.

"그렇겠지요. 어쩌면 이미 공격을 받고 있을지도 모르지요."

초영신개가 참담한 표정으로 고개를 끄덕였다.

놈들의 이급령은 두어 달 전에 이미 내려졌다. 그러니 지금쯤은 만반의 준비가 되었을 것이고 공격이 시작되었을지도 몰랐다.

"이곳에서 가장 가까운 무당은 어떻소? 다른 긴박한 소식이 전해진 것은 없었소?"

선운진인이 무당의 태종진인을 향해 물었다.

"다행인지 불행인지 아직 아무 연락이 없습니다."

태종진인이 불안한 심정을 감추지 못하며 답했다.

아무리 무당파가 이곳과 가까워도 소식이 전해지려면 이틀은 족히 걸릴 것이다. 만약 어제 공격을 받았다면 아직 그런 소식이 전해오지 않았다 하더라도 안심할 수가 없는 것이다. 어쩌면 지금쯤 무당의 도관들이 불타고 있을지도 몰랐다.

"당장 갑호령을 내리시오."

선운진인이 서둘러 명령서에 직인을 찍었다.

갑호령은 전면전이 발생했을 때 모든 무림에 전투태세를 알리는 맹주의 마지막 명령이었다.

"또한 항마구룡대 중 남은 여덟 개 부대를 모두 출관시키시오."

아직 완벽히 수련이 끝나지 않아 부족한 점이 있겠지만 무림의 존망이 백척간두에 놓인 상황이니 더 이상 기다릴 수가 없었다.

"알겠습니다."

총관 남궁정한이 명령서를 받아 한 중년인에게 건네주었다. 명령서를 받은 중년인은 바람처럼 밖으로 달려나갔다.

"녹림과 장강수로채가 그들의 주구가 되다니… 도저히 믿어지지가 않는구료."

무림맹 수뇌부들과 회동을 한 자리에서 맹주 선운진인이 무거운 표정으로 말했다.

녹림대제 궁도학은 절정을 오래전에 넘어선 흑도 대종사였다. 또한 장강수로채주인 조룡철간 막진월 역시 궁도학 못지않은 일대종사였다. 그랬기에 홍화교도 그들에게는 마수를 뻗치지 못한다고 생각했다.

그런데 그들이 더 선봉에 서 있었다.

"아직 주구라고 보기에는 이릅니다. 파천묵도와 조룡철간은 그렇게 호락호락한 위인들이 아닙니다. 또한 꺾일지언정 누군가에게 고개를 숙일 사람들도 아니지요."

새로이 외당당주가 된 모용영준이 차분한 음성으로 말했다.

군사 제갈진이 자리를 비운 지금 그가 외당당주 겸 군사역을 맡고 있었다. 그만큼 그는 제갈진 못지않은 두뇌와 무공을 동시에 갖춘 무인이었다.

"그렇습니다. 아무리 홍화교라 하더라도 파천묵도와 조룡철간을 수하로 부릴 순 없을 것입니다. 아마도 교활한 세 치

혀로 두 사람을 현혹시켰거나 거절할 수 없는 조건을 제시하며 움직이게 했을 것입니다.”

무당의 태종진인이 고개를 끄덕이며 모용영준의 의견에 동의를 표했다.

“거절할 수 없는 조건이라……..”

선운진인이 탄식을 하듯 읊조렸다.

“구천련을 조직하고 하나로 뭉쳐 움직이게 한 가장 큰 요인은 흑도천하라는 미끼였습니다. 아직까지 한 번도 이루지 못한 흑도천하를 이룰 수 있을 것 같다는 자신감을 심어주며 놈들은 구천련을 만들게 하고 그들의 의도대로 움직이게 했지요.”

모용영준이 안광을 빛냈다.

“또한 어떤 흑도에는 황금을, 또 다른 흑도에는 무공비급을… 그런 식으로 그들이 가장 원하는, 그러면서도 취약한 부분을 파고들어 그들을 움직여 왔습니다. 황궁에서도 마찬가지입니다. 놈들은 가장 핵심적인 권력을 잡고 있는 사람들을 골라 그들이 가장 원하는 것들을 눈앞에 보여주며 자신들의 의도대로 움직이게 했습니다. 녹림과 장강수로채도 그런 식으로 움직이게 만들었을 것입니다.”

모용영준이 말을 맺었다.

제갈진 못지않은 그의 예리한 지적에 모두들 고개를 끄덕였다.

“천뇌자라 했던가?”

선운진인이 이 모든 계획을 짜고 빈틈없이 수행하고 있는 홍화교의 두뇌를 일컬었다.

“그들의 조직원에게서 나온 말이니 확실할 것입니다.”

남궁정한이 대꾸했다.

“무서운 인간이로고…….”

선운진인이 고개를 흔들었다.

무림을 넘어 한족을 말살시키려는 무서우면서도 잔인하기 짝이 없는 인간이었다.

“그자에 대해 밝혀진 것은 없는 것이오?”

선운진인이 초영신개를 쳐다보았다.

초영신개가 무겁게 고개를 저었다.

홍화교의 정체에 대해서도 얼마 전에 겨우 알아냈다. 그러니 그 안에 있는 사람들에 대해서는 전혀 알 수가 없었다.

“놈들은 코앞까지 다가왔는데 우리는 겨우 놈들 조직의 이름이나 알아낸 처지구료.”

선운진인이 장탄식을 했다.

놈들은 자신들을 철저히 감추며 황궁을 통해 무림을 혼란시키고 압박했다. 또한 흑도를 무차별적으로 지원하고 키웠다. 그런 전방위적 공격에 정파무림은 정신을 차리지 못하고 휩쓸리다 보니 어느 순간 코앞까지 다가온 놈들을 맞이할 수밖에 없는 상황이 되고 말았다.

"정주로 향한 항마백룡대에게서 다른 소식은?"

선운진인이 다시 초영신개를 향해 물었다.

항마백룡대는 소림과 개방을 돕기 위해 정주로 전력 질주한다고 했다. 그곳에서 정호회 타격대와 합류하여 작전을 펼칠 예정이었다.

지금으로서는 그것이 무엇보다 위안이 되었다.

무림의 태산북두인 소림과 정파무림의 눈과 귀가 되어주는 개방은 그 어느 곳보다 중요했다. 그 두 곳이 막대한 타격을 받아 힘을 잃으면 무림맹도 그만큼 타격을 입게 되고 힘을 잃게 될 것이다.

"지금쯤이면 도착했을 것입니다. 아니, 어쩌면 전투를 벌이고 있을지도……."

남궁정한이 벽에 걸린 무림전도를 쳐다보며 대꾸했다.

"총단의 인원 칠 할을 각 지단과 구파일방에 투입해서 돕게 하시오."

맹주 선운진인이 다시 지시를 내렸다.

"그럼 총단도 위험합니다."

남궁정한이 무거운 음성으로 말했다.

"구파일방과 무림맹 지단이 무너지면 무림맹 총단도 없는 것이오. 그러니 전면전에 들 준비를 하시오."

선운진인이 단호하게 말했다.

＊　　＊　　＊

"아미타불!"

"아미타불!"

소림의 일대제자 장무대사와 장공대사는 연신 불호를 터뜨렸다.

개방의 전서를 받은 후 산을 내려와 소실봉으로 오르는 길목을 차단하며 놈들과 맞섰다. 그리고 백팔나한진으로 놈들의 세 번에 걸친 공격을 가까스로 막아냈다. 그러나 그것이 한계인 것 같았다. 놈들이 전열을 정비하여 다시 들이닥치면 백팔나한진도 무너질 것 같았다.

산령을 넘는 상인들의 주머니나 털던 예전의 녹림이 아니었다. 놈들의 무공은 날카롭고도 매서웠다. 특히 놈들을 진두지휘하고 있는 열 명의 흑의인은 절정의 무공을 지니고 있었다.

그들은 단순한 사파인들이 아니었다. 놈들은 마도절학에 가까운 가공할 무위를 지니고 있었다. 그들이 한 번씩 백팔나한진에 부딪칠 때마다 백팔나한진은 금방이라도 무너질 듯 출렁거렸다.

예전이라면 모르겠지만 소림의 전력이 반 이상 무림맹으로 빠져나간 지금의 상황에서는 그들과 함께 닥쳐드는 녹림의 공격은 백척간두의 위기에 몰리게 했다.

"이 자리에서 뼈를 묻을지언정 놈들이 소실봉으로 오르는 것은 막아야 하느니라."

장무대사가 지쳐서 곧 쓰러질 것 같은 이대 제자들을 독려했다.

일차 저지선인 이곳이 무너지면 놈들은 곧장 소실봉으로 오를 것이고 그럼 소림의 전각들이 화마에 휩쓸리게 될 것이다.

"알겠습니다, 사부님! 제자, 목숨을 바쳐 이 자리를 지키겠습니다."

제자들이 가사를 찢어 상처를 동여매며 화답을 했다.

"아미타불! 내 대에 어찌 이런 일이……."

장공대사도 길게 불호를 읊었다.

"놈들이 다시 몰려옵니다!"

이대 제자들이 고함을 질렀다.

"진을 가동하고 혼신의 힘을 다 쏟아라!"

장무대사도 불장을 휘두르며 고함을 질렀다.

즉시 백팔나한진이 재가동되며 소림승들이 철벽의 방어막을 펼쳤다. 하지만 그들의 눈이 심하게 흔들리는 것은 어쩔 수가 없었다.

"봉을 더 높이 쳐들어라!"

장공대사가 닥쳐오는 놈들을 보며 마지막 독려를 했다.

그것은 흐트러진 나한진을 바로잡기보다는 제자들에게 마

지막 기운을 북돋우기 위한 사자후와 같은 고함이었다.

"와아!"

쨍!

쨍강!

다시 격돌이 시작되었다.

흑의를 입은 놈들은 사생결단을 할 듯 백팔나한진을 두들겨댔다. 반면 소림승들은 수적 열세와 체력의 고갈을 나한진의 엄밀함과 위력으로 버텨내고 있었다.

"저쪽을 집중적으로 쳐라!"

흑의인들 중 한 사람이 고함을 질렀다.

흑의인들을 지휘하는 그는 백팔나한진의 고리가 느슨해진 한곳을 발견한 모양이었다.

"하앗!"

챙—

쨍—

고함 소리와 쇳소리가 난무하며 백팔나한진의 고리 한쪽이 마침내 끊어져 나가기 시작했다.

다른 소림승이 급히 뛰어들며 그 자리를 매웠지만 이미 그곳으로 몇 명의 흑의인이 스며들었다.

"크윽!"

"으윽!"

두 명의 소림승이 피를 뿌리며 쓰러졌다. 그리고 봇물이 터지듯 백팔나한진이 무너지기 시작했다.

이제부터는 혼전이었다. 그러면 봉을 든 소림승보다는 칼이나 검을 든 흑의인들이 훨씬 유리했다. 또한 숫자로도 흑의인들이 세 배는 더 많았다.

"죽여라."

"냄새나는 똥중들, 모조리 베고 소림의 비급과 대환단을 챙겨라."

뒤에서 지휘를 하던 몇몇 사내가 고함을 질렀다.

그 고함에 고무된 흑의인들이 더욱 광분하며 날뛰기 시작했다.

"목숨을 바쳐 소림을 지켜라!"

이대 제자들 중 제일 나이가 많은 소림승이 피를 토하듯 고함을 쳤지만 중과부적이었다.

처절한 비명과 함께 소림승들이 하나씩 베어지고 있었다.

'이대로 끝인가?'

장공대사도 연신 날아오는 도검들을 쳐 내며 속으로 절규했다.

이대로 얼마 지나지 않으면 놈들은 소실봉으로 뛰어올라 갈 것이다. 그리고는 거침없이 소림을 유린할 것이다.

그럴 순 없었다.

심장이 천 갈래, 만 갈래로 찢어지는 한이 있더라도 막아야 했다.

"이놈들!"

장공대사는 피를 토하듯 기합성을 터뜨리며 장력을 펴부었다.

두 명의 흑의인이 칠공에 피를 토하며 뒤로 날아갔다.

그러나 사방에서 달려드는 적은 너무 많았다.

어느새 허리 한곳에 화끈한 통증이 느껴졌다. 그리고는 다리에 힘이 빠지기 시작했다.

"와아!"

"와아!"

다시 함성 소리가 들려왔다.

놈들의 뒤쪽에서 들리는 것으로 보아 후진이 들이닥치고 있는 모양이었다.

장공대사의 가슴이 절망으로 무너져 내렸다.

일진만으로도 역부족으로 백팔나한진이 깨어지고 하나씩 쓰러져 가고 있는데 후진까지 덮쳐들면 한 명의 생존자도 없을 것 같았다.

그런데?

마치 노도와 같이 달려오던 녹림도들이 갑자기 방향을 바꾸어 뒤쪽으로 달려가기 시작했다.

놀란 소림승들이 고개를 빼며 녹림도들을 쳐다보았다.

"무림맹?"

깃발을 본 누군가 고함을 질렀다.

“항마백룡대다!”

“와아! 무림맹이 도우러왔다.”

이백여 명의 항마백룡대 대원이 녹림도의 배후를 향해 몸을 날리고 있었다. 질풍처럼 달려오던 녹림도들이 급급히 뒤로 물러나는 이유는 그들 항마백룡대의 출현 때문이었다. 개개인이 펼치는 경공만 보더라도 그들의 무위가 어느 정도인지 짐작이 갔다.

항마백룡대주 초두윤은 항마백룡대를 두 패로 나누어 장하란과 탁모격이 이끄는 조원들은 개봉으로 보내고 나머지는 자신이 맡아 소림을 향해 달려온 것이다. 그리고 절체절명의 순간에 이곳에 도착했다.

“세존이시여…….”

소림본당을 지켜 낼 수 있게 된 장공대사의 눈에서 마침내 굵은 눈물이 흘러내렸다.

*　　　*　　　*

스스스―

숲이 통째로 움직이고 있었다.

여름에 깊어지며 짙푸르게 변한 숲이 장마 뒤에 흘러내리는 토사처럼 한꺼번에 움직이고 있었다.

땅거미가 내리는 시간에 숲이 그렇게 통째로 흘러내리는

광경은 괴이하기 짝이 없었다.

스스스스—

한참을 더 아래로 흘러내려가던 숲의 앞부분이 경사가 완만해지는 곳에서 천천히 움직임을 멈추었다. 그리고 그 숲에서 손 하나가 튀어나왔다.

"정지!"

짤막한 외침과 함께 뒤쪽의 움직임도 멈추고 숲이 제 모습을 찾았다.

움직이는 것은 숲이 아니었다. 숲으로 위장한 사람들이었다.

엄청난 숫자의 사람이 수풀더미를 둘러쓰거나 잎이 무성한 나뭇가지를 온몸에 꽂아 마치 숲이 움직이는 것처럼 느껴진 것이다.

천 명에 가까운 숫자였다.

"무슨 일이 있습니까?"

역시 나뭇가지를 등에 꽂아 수풀 사이에 그대로 주저앉으면 수풀로 동화될 것 같은 사내가 다가오며 물었다.

"잠시 숨을 돌린다."

손을 들어 올린 사내가 답했다.

나이는 삼십 중반쯤 되어 보였는데 훤칠하게 큰 키에 시퍼렇게 갈아놓은 칼 같은 느낌을 주는 사내였다.

그는 백화루 일화가 밝힌 대로 홍화교에서 녹림으로 투입

되어 녹림을 조종하고 있는 사내 중 한 사람이었다. 홍화교에서 그의 직책은 적운단주(赤雲團主)였다.

"알겠습니다."

다가온 청의 사내가 고개를 끄덕이고는 뒤따르는 사람들에게 신호를 했다.

그는 적운단주의 그림자로 비룡이라는 별호로 불리었다.

비룡의 신호와 함께 아직까지 수풀이 되어 있던 사내들이 굳어 있던 몸을 풀며 자리에 앉았다.

"웅장한 성시군."

적운단주가 앞을 노려보며 말했다.

그가 바라보는 곳은 고루거각들이 즐비하게 늘어선 성시였다.

"천년의 고도지요."

옆에 시립한 비룡이 대꾸했다.

"역시 중원은 아름다운 곳이야."

적운단주가 혼잣소리처럼 말했다.

"하지만 모조리 불타고 나면 번화한 곳일수록 더욱 흉물스런 꼴이 됩니다."

비룡이 대꾸했다.

"그런가? 후후!"

적운단주가 스산하게 웃었다. 그리고는 성시 쪽을 한참이나 더 쳐다보았다.

그때 삐이익! 하고 날카로운 동물의 울음소리가 들렸다. 쥐가 찍찍거리는 소리보다는 좀 더 크고 날카로운 소리였다.

"설산초(雪山貂)입니다."

비룡이 소리가 난 쪽으로 고개를 돌리며 말했다.

"어서 암컷을 꺼내라."

비룡이 지시를 내리자 다른 사내 하나가 앞쪽에 쇠창살이 박힌 작은 상자 하나를 가지고 왔다.

삐익!

삐익!

상자 안에서도 조금 전 들렸던 것과 같은 소리가 흘러나왔다.

상자 안에 들어 있는 것은 족제비보다 조금 더 큰 체구에 온몸에 잡털 하나 없는 흰색의 담비였다.

설산초로 불리는 놈은 설산의 높은 절벽 동굴에서 보금자리를 틀고 사는 담비로 영물이었다. 암컷과 수컷이 한 번 짝을 맺으면 평생 바꾸지 않고 살아가는 놈들로 서로에 대한 애착이 그 어떤 동물보다 강했다. 그래서 떨어져 있으면 수만리 길도 마다않고 냄새를 맡고 서로를 찾아간다고 하여 만리초(萬里貂)라고도 불린다.

삐이익!

긴 울음과 함께 설산초 수컷이 암컷이 있는 상자로 뛰어들었다. 그 모습은 마치 흰색의 선이 상자로 꽂혀드는 것 같왔다.

그만큼 설산초의 움직임은 빠르고 날렸다. 놈은 그런 빠르기로 순식간에 다른 동물의 목줄을 물어뜯어 사냥을 끝낸다. 그래서 호랑이 잡는 담비가 있다는 말도 나온 것이다.

삐이익!

삐익—

두 놈은 작은 쇠창살을 사이에 두고 쉼 없이 서로를 갈구했다.

딸깍!

상자를 들고 있던 사내가 작은 문을 안으로 밀어 넣었다. 그러자 수컷 설산초가 순식간에 상자 안으로 들어갔다. 그리고는 암컷과 눈물의 상봉을 하였다.

"먹이를 주어라. 그리고 전통을 확인하라."

비룡의 명령에 사내가 고깃덩이 하나를 상자에 넣어주고는 그것을 게걸스럽게 먹는 수컷 설산초의 목에 달린 전통에서 밀지를 꺼냈다.

밀지를 건네받은 적운단주가 급히 읽어 내려갔다.

적운단주의 얼굴이 급격히 굳어졌다.

"뿌드득!"

밀지를 다 읽은 적운단주의 입에서 이가 갈리는 소리가 섬뜩하게 흘러나왔다. 또한 그의 눈에서도 살광이 흘러나왔다.

"크윽!"

옆에서 설산초에게 모이를 주던 부하 하나가 적운단주 몸에서 흘러나오는 살기를 감당하지 못하고 심맥이 파열되며 쓰러졌다. 다른 사내들도 시커멓게 죽은 얼굴로 급급히 옆으로 피했다.

"왜 그러십니까, 단주님?"

비룡이 급히 달려왔다.

"이공자가 죽었다. 그리고 우리의 이급령 또한 적에게 노출되었다."

적운단주가 씹어 뱉듯이 말했다.

"대체 그게 무슨 말씀이십니까?"

비룡이 빼앗듯이 쪽지를 낚아채 그 내용을 읽었다.

"이럴… 수가?"

비룡이 신음성을 토했다.

"뭔가 잘못됐습니다."

비룡이 고함을 질렀다. 그러나 큰 키의 사내는 미동도 않고 앞만 노려보고 있었다.

"이럴 수는 없는 일입니다."

"비선의 능력을 부정하는 것이냐?"

적운단주의 차가운 목소리에 비룡은 입을 다물었다. 그리고는 긴 침묵이 이어졌다.

"무슨 일이오?"

두 사람의 행동에 이상함을 느꼈는지 한 사내가 다가왔다.

칠 척 거한에 깍짓동이 같은 체구를 한 중년의 사내였다. 또한 그의 허리에는 보통 사람들은 들어 올리지도 못할 만큼 커다란 철퇴가 매달려 있었다.

그는 녹림대제 파천묵도 궁도학 아래 열여덟 두령 중 세 번째의 위치를 차지하고 있는 붕산철퇴(崩山鐵槌) 척송기(拓鉢記)였다.

백 근에 육박하는 철퇴를 나무젓가락 휘두르듯이 휘두르는 그의 괴력은 파천묵도 궁도학도 혀를 내두르는 정도였다. 그런 그의 신력 때문에 궁도학은 그를 개방을 치는 선봉에 세운 것이다.

"계획을 변경해야겠소."

적운단주가 싸늘하게 식은 음성으로 대꾸했다.

"어떻게 말이오?"

척송기가 송충이 같은 눈썹을 꿈틀거리며 말했다.

"목표를 바꾸어야겠소."

적운단주가 앞을 노려보며 답했다.

"개방을 치지 않는단 말이오?"

척송기가 적운단주를 똑바로 노려보며 눈을 번득였다. 그런 그의 표정에는 허튼짓을 하면 실력행사도 불사하겠다는 빛이 고스란히 드러났다.

"그렇소."

적운단주가 부연설명을 했다.

"미쳤소?"

척송기가 와락 눈살을 찌푸리며 고함을 질렀다.

지금까지 온갖 고생을 다했다. 그런데 이제 와서 목표를 포기하고 다른 곳을 치다니? 미친 소리가 아니고 무엇인가?

"말을 삼가시오!"

비룡이 같이 고함을 질렀다.

그의 고함과 함께 열 명가량의 다른 사내가 비룡과 적운단주 옆으로 늘어섰다. 그들의 몸에서 피어오르는 살기가 주변의 대기를 순식간에 냉각시켰다.

"내가 하고 싶은 말이 그것이다. 그동안 온갖 고생을 하며 밤을 낮 삼아 험한 숲 속으로만 이동했는데 개방이 코앞으로 다가온 지금, 목표를 변경한다니? 그 무슨 개풀 뜯어먹는 소리냔 말이다?"

척송기가 더 큰 소리로 대꾸했다.

파앗―

갑자기 섬광 한줄기가 허공을 갈랐다. 그리고는 척송기의 목덜미 앞에서 멈추었다.

"죽고 싶은 모양이군?"

적운단주가 낮게 으르렁거렸다.

어느새 그의 손에 들린 연검이 척송기의 목줄 한 치 앞에서 혀를 날름거리고 있었다.

척송기의 얼굴이 시뻘겋게 변했다.

십만 녹림도 중 서열 네 번째인 그였다. 그런 그가 사내의 검에 목을 내맡기고 있었다.

"이런 우라질!"

척송기가 고함을 지르며 철퇴를 쳐올렸다. 언제 철퇴를 손에 들었는지 보지도 못했는데 철퇴는 어느새 적운단주의 연검을 쳐 내며 그의 턱을 박살 낼 듯 솟구치고 있었다.

적운단주가 살짝 목을 뒤로 젖혔다. 동시에 오른손을 빠르게 휘저었다.

치이잉—

섬뜩한 금속음과 함께 연검이 철퇴를 감아 오르며 척송기의 손목을 잘라갔다.

척송기가 쳐올리던 철퇴의 방향을 바꾸어 그대로 뒤로 뺐다. 마치 가느다란 대나무 작대기를 휘두르는 것 같은 빠르기와 능수능란함이 스며 있는 철퇴술이었다.

까가각!

철퇴에서 불퉁이 튀었다. 동시에 철퇴와 연검의 움직임이 우뚝 멈추었다.

"이익!"

척송기가 잇새로 신음 같은 외침을 토했다.

연검에 감긴 철퇴가 바위에 뿌리를 내린 노송처럼 꼼짝도 하지 않았다.

아무리 힘을 쓰고 내공을 불어넣어도 마찬가지였다. 적운단주는 타고난 신력에서는 척송기에 딸릴지 몰라도 내공은 훨씬 앞섰다. 그 내공으로 척송기와 막상막하의 줄다리기를 하고 있는 것이다.

"엉뚱한 곳에 힘 빼지 말고 내 말 잘 들으시오. 어떻게 된 영문인지는 몰라도 우리의 계획이 사전에 노출이 됐소. 그래서 한발 앞서 구파일방에 전서가 날아갔소. 곤륜이나 공동파 같이 먼 곳에 있는 문파에는 아직 소식이 안 닿았을지 모르겠지만 소림과 개방은 이미 전서를 받고 철저히 준비하고 있을 것이오. 그런 곳을 쳐들어갔다가는 오히려 함정에 빠질 것이오. 그러니 우리는 작전을 변경해야 한다는 말이오."

적운단주가 연검에 더욱 강하게 내력을 불어넣었다. 그러자 철퇴를 당기는 척송기의 팔이 조금씩 사내에게로 딸려갔다.

척송기의 팔에 있는 핏줄이 터질 듯 불거졌다.

"더 이상의 자중지란은 항명으로 여기고 목을 치겠소."

적운단주가 갑자기 연검을 풀었다. 그러자 젖 먹던 힘까지 다 쏟아부으며 철퇴를 당기던 척송기가 가공할 속도로 뒤로 떨어져 나갔다.

"삼 두령님!"

열 명도 넘는 척송기의 수하가 육탄으로 달려들려 끈 떨어진 연처럼 뒤로 쏟아져오는 척송기를 막았다.

엉덩방아를 찧으며 나가떨어지는 볼썽사나운 꼴은 가까스

로 면한 척송기가 거친 콧김을 내뿜었다. 그러나 투지는 조금
도 꺾이지 않았다.

"대체 어떻게 했기에 모든 작전이 노출되었단 말이오?"

척송기가 몸을 바로 세우며 다시 목소리를 높였다.

"그건 알 수가 없소. 하지만 정보는 사실이오. 그러니 예정
대로 곧장 개방으로 향하다가는 도착하기도 전에 매복에 걸
릴 것이 확실하오."

적운단주가 말했다.

"그래서 어쩌겠다는 말이오?"

이번에는 척송기 대신 다른 녹림도가 말을 받았다. 그 역시
척송기 못지않게 큰 체구에 대감도를 허리에 찬 거한이었다.
이름은 마경덕(馬境德)으로 척송기의 오른팔이었다.

"정주를 먼저 불바다로 만들겠소."

적운단주가 짤막하게 말했다.

"이유는?"

마경덕이 강경하게 맞섰다.

"성동격서로 놈들을 혼란에 빠뜨릴 것이오. 그 혼란 속에
서 며칠 후 예정대로 개방총단을 치겠소."

적운단주가 자신의 계획을 밝혔다.

적운단주의 말에 척송기와 대감도를 든 마경덕은 아무 말
도 하지 못했다. 힘을 쓰는데 있어서는 누구보다 자신 있었지
만 머리를 쓰는 데는 누구보다 자신 없는 그들이었다. 하지만

계획이 사전에 노출된 이상 매복이나 함정에 빠질 가능성이 높다는 말은 충분히 수긍이 갔다.

"좋소. 쉬는 김에 밤까지 기다리기로 하겠소. 그때까지 우리도 정보를 캐 보겠소. 만약 당신의 말이 사실이 아니라면 우린 예정대로 움직일 것이오."

척송기가 마침내 어깨를 내렸다. 그를 따라 반쯤 대치 상태로 눈을 번득이던 녹림도들도 긴장을 풀며 바닥에 주저앉거나 그 자리에 드러누웠다.

"대신, 정보가 확실하다면 군말 없이 내 계획대로 따르시오."

강렬한 눈빛으로 척송기와 마경덕을 쳐다보던 적운단주가 등을 돌려 걸음을 옮겼다. 그를 향해 비룡이 다가왔다.

"대체 어찌 된 일입니까?"

비룡이 적운단주에게 물었다. 쪽지의 내용만 보아서는 눈앞이 깜깜해지기만 할 뿐 갈피를 잡을 수가 없었다.

이급령이 놈들에게 노출되었다는 말은 이해할 수도 있었지만 무림맹 총단에서 외당당주를 쳐낸 놈이 이공자마저 죽였다는 내용은 도저히 받아들이기 힘들었다.

이공자가 누구인가?

교주의 제자로 일공자보다 더 높은 무공을 소유하고 있었다. 또한 홍화교의 두뇌인 천뇌자의 아들로 아버지 못지않은 두뇌를 지니고 있었다. 만약 일공자가 교주의 아들이 아니었다면 교의 후계자는 한참 전에 이공자로 정해졌을 것이다. 그런 이공자에게 제거당하지 않게 하기 위해 교주는 폐관수련까지 하며 아들인 일공자에게 무공을 전수하고 있다.

비룡은 그런 이공자가 죽었다는 사실을 도저히 받아들일 수가 없었다.

"내용 그대로다. 역정보도, 틀린 정보도 아니다."

적운단주가 이를 갈며 말했다.

"도저히 믿어지지가 않습니다."

비룡이 억눌린 음성을 토했다. 그러나 적운단주는 더 이상 아무런 대꾸를 하지 않고 이를 악문 채 소림이 있는 쪽만 노려보고 있었다.

"저곳에 놈의 가문이 있다."

잠시 후 적운단주가 스산한 목소리로 말했다.

"무슨?"

비룡이 눈 사이를 좁히며 적운단주를 쳐다보았다.

"이공자를 죽인 놈의 본가가 저 성시 안에 있다."

적운단주의 눈에서 불똥이 튀었다.

"그럼?"

"놈의 가문 안에 있는 것은 개미새끼 한 마리라도 남기지 말고 죽여라."

적운단주가 악령처럼 내뱉었다.

파탄
第百十六章

“역시 유 공자 말이 맞았어. 놈들은 이곳을 지나가는군.”

녹림도들이 진을 치고 있는 앞쪽 산자락에서 몸을 숨긴 채 한 청년이 말했다. 청년 옆으로는 몇 명의 인영이 더 숨어 있었다.

“개방을 치려면 최소한 수백 명 이상의 인원을 동원해야 하고, 그 인원들을 드러나지 않게 이동시킬 만한 길은 몇 군데 없지.”

다른 젊은 목소리가 답했다.

“성시를 통해서 변장한 채 목적지까지 이동할 수도 있지 않았나?”

"이제까지는 그랬겠지만 목적지에서까지 계속 그렇게 하면 중구난방이 될 것이고 홍화교 놈들은 그런 녹림도들을 믿을 수가 없었을 것이야. 이제부터는 자신들 손이 닿는 곳에서 통제를 하려고 할 테지."

"그럴까?"

"그렇게 하고 있잖아."

두 사람은 낙양에서 임무가 끝났음에도 계속 유한성을 따라온 모용표와 단목철문이었다.

낙양을 떠나며 항마백룡대주 초두윤은 유한성에게 합류를 권유했지만 유한성은 가문으로 발길을 돌렸다. 무림맹과는 더 이상 은원이 없었다. 이젠 무엇보다 가문을 지키는 것이 중요했다.

결국 초두윤은 유한성의 뜻을 꺾지 못했다. 대신 급한 불을 끄고 나면 서로 협조하기로 약조했다.

"놈들을 어쩔 셈이오? 항마백룡대에게 맡겨둘 생각이오?"

모용표가 아래를 내려다보고 있는 유한성을 보고 물었다. 그는 당장에라도 달려 내려가서 놈들을 쓸어버리고 싶은 눈치였다.

"그건 저들이 어떻게 나오느냐에 달려 있소."

유한성이 나직하게 답했다.

"그건 또 무슨 소리요?"

단목철문이 질문을 하다가 입맛을 다셨다. 언제나 그렇듯이 친절하게 하나하나 가르쳐 줄 사람이 아니었기 때문이다.

"다녀왔습니다."

잠시 후 그림자 속에서 사진룡이 솟아올랐다.

"혹시나 했던 일이 벌어졌습니다. 놈들은 정주로 진로를 바꿀 생각인 것 같습니다."

사진용은 녹림도 속에 스며들어 동태를 염탐한 결과를 말했다.

유한성의 눈이 서서히 살기를 뿜어냈다.

백화루에서 모든 것을 진두지휘하던 놈을 죽였으니 놈들은 그 복수를 할 수도 있었다. 대의에 따라 움직인다고 했지만 홍화교의 군사 역할을 하는 자의 아들이었으니 대의를 가장한 개인적인 복수를 할 가능성도 높았다. 그 예상이 맞아떨어진 것이다.

"그럼 결정됐군."

유한성이 말했다.

"무슨 소리요?"

이번에는 모용표가 물었다.

"소림이나 개방으로 가는 것은 상관 않겠지만 정주로 오는 이상 살려 둘 수가 없지."

유한성의 눈에서 뻗어 나오는 살기가 더욱 강해졌다.

＊　　　＊　　　＊

밤이 깊어지자 먹구름이 두터운 장막처럼 온 하늘을 뒤덮으며 별빛마저 차단하더니 급기야 장대비가 쏟아졌다. 아직 본격적인 장마는 아니었지만 우기의 서막을 알리는 빗줄기였다.

"마침 날씨마저 우리 편이군. 후후!"

척송기가 이를 허옇게 드러내며 웃었다.

이런 상태라면 성시로 스며드는 것도 훨씬 유리할 것이다.

장대비에 골목에는 인적이 끊길 것이 분명했고 그 골목을 치달려가는 발소리도 빗소리에 묻힐 것이다.

설산초를 통해 전해진 정보는 정확했다. 그래서 적운단주의 계획대로 정주를 먼저 쳐서 잿더미로 만들 것이다. 그렇게 혼란을 준 후 개방총단을 칠 것이다. 그리고 그곳에 있는 취구환(翠救丸)을 모조리 손에 넣고 말 것이다. 최근 혼란한 무림 정세를 감안해 열 알을 더 만들었다고 했으나 그건 오로지 녹림만 좋은 일이 될 것이다.

"이젠 움직일 때가 된 것 같소."

척송기가 적운단주를 보고 말했다.

"좋군!"

적운단주가 고개를 끄덕였다.

"지금 즉시 성시를 향해 진격한다."

적운단주가 명령을 내렸다.

“복명!”

홍화교의 교도들이 일제히 복명했다.

“우리도 성시로 돌격한다.”

척송기도 고함을 질렀다.

“복명!”

녹림도들도 일제히 답했다.

그 순간!

“크윽!”

억눌린 비명 한줄기가 사방으로 퍼져 나갔다. 동시에 피비린내가 확 풍겼다. 뒤이어 비명을 터뜨린 인영이 짚단처럼 무너지며 바닥으로 뒹굴었다.

“누구야?”

“무슨 일이냐?”

이곳저곳에서 고함 소리들이 터졌다.

“크윽!”

다시 한줄기 비명이 터져 나왔다. 그리고 좀 전처럼 피비린내와 함께 한 인영이 바닥으로 무너졌다.

“무슨 일이냐? 어서 보고해라!”

급박한 외침들이 울렸다.

“성호채(星湖寨) 채주께서 당했습니다!”

“종령채(鐘嶺寨) 채주도 죽었습니다!”

잠시 후 폭우 속에서 경악에 찬 목소리가 터져 나왔다. 성시를 향해 진격을 하려는 순간 비명과 함께 다른 사람도 아닌 채주 두 명이 죽어 나자빠졌다.

"대체 무슨 소리냐?"

척송기가 고함을 지르며 목소리가 들린 쪽으로 달려갔다.

잠시 후 척송기의 눈에 핏발이 섰다.

세상이 암흑으로 변해 분간이 되지 않았지만 성호채주와 종령채주가 목과 심장이 갈라진 채 쓰러진 것은 확인할 수 있었다. 그들은 일반 녹림도가 아닌, 각 산채의 채주였기에 복장부터 달랐다. 또한 옆에 널브러진 병장기는 두 사람의 것이었다.

"누가? 어떤 놈이 채주들을 이렇게 만들었느냐?"

척송기와 함께 달려온 마경덕이 옆에 있는 부하들을 잡아먹을 듯이 고함을 질렀다.

"모, 모르겠습니다. 아무것도 보이지 않아서……."

부하 하나가 잔뜩 움츠린 음성으로 대꾸했다.

그의 대답을 들은 척송기가 신음성을 터뜨렸다.

자신 역시 아무것도 보이지 않았다. 단지 저 멀리 보이는 성시의 불빛으로 이곳의 위치를 어림할 뿐이었다. 그러니 부하들이 아무것도 볼 수 없는 것은 지극히 당연했다.

"불을 켜라!"

누군가 고함을 질렀다. 그러나 억수같이 퍼붓는 빗줄기 속에서 무슨 수로 불을 켠단 말인가? 화섭자는 꺼내는 순간 빗

물에 흠뻑 젖어버렸다. 설사 우의 아래에서 켠다 하더라도 불쏘시개로 쓸 나무마저 온통 비에 젖어 불을 붙일 수가 없었다.

그러는 사이 다시 비명성이 울렸다.

"이번에는 또 누구냐?"

누군가 고함을 질렀다.

"우리 쪽이… 아닙니다."

잠시 후 녹림도 하나가 마주 고함을 쳤다.

"뭐라?"

비룡이 대답 소리가 들린 쪽으로 몸을 날렸다. 그리고는 손을 뻗어 쓰러진 인영을 확인했다.

쓰러진 사람은 자신의 부하들 중 한 명이었다. 열 명 중 구호로 불리는 부하였다. 이름은 따로 있었지만 노출하지 않기 위해 구호로 불렀다. 그가 목이 싹둑 잘린 채 피분수를 뿌리며 쓰러져 있었다.

"대체?"

비룡이 이를 악물며 사방을 살폈다. 그의 눈에 시퍼런 인광이 이글거렸다. 하지만 눈에 들어오는 것은 칠흑 같은 어둠뿐이었다. 역수같이 퍼붓는 빗줄기 속의 밤은 그만큼 어두웠다.

"아악!"

다시 비명성이 들렸다.

이번에도 흑운단주의 부하 한 명이 검에 심장이 꿰뚫리며 숨이 끊어졌다. 뒤이어 두 명의 채주가 더 쓰러졌다.

막 정주 성시를 향해 진격하려던 녹림도들은 극심한 혼란에 빠져들었다.

스무 명의 채주 중 벌써 네 명이 죽었다. 그들 개개인의 무공이라면 일반 녹림도 열 명이 달려들어도 일각만 지나면 모두 베어질 것이다. 그런데 그들이 순식간에 고혼이 되어버렸다. 누군가 첩자가 스며들어 닥치는 대로 베어넘긴다면 이해가 가겠지만 채주만 골라서 베어버렸다. 칠흑 같은 어둠 속에서 바로 옆에 있는 사람의 구별도 힘들었다. 그런데 어떻게 그것이 가능하단 말인가? 그야말로 귀신에 홀린 기분이었다.

그런 사정은 홍화교 쪽에서도 마찬가지였다. 열 명의 부하 중 두 명이 어이없게 쓰러졌다. 그들 두 명의 합공이면 비룡도 버거울 것이다. 그런 부하들이 속절없이 목이 잘리거나 가슴이 꿰뚫렸다. 아무리 짙은 어둠 속이라도 그들의 무위라면 살기를 감지하고 최소한의 반응이라도 보여야 했다.

'특급 살수?'

적운대주의 뇌리에 그런 생각이 섬전처럼 지나갔다.

분명이 근처에서 부하들을 베었지만 살기가 전혀 느껴지지 않았다. 그건 살수들의 검이었다.

그러나 이내 고개가 흔들어졌다.

특급 아니라 초특급 살수라 하더라도 이런 어둠 속에서 우두머리들만 골라서 죽일 순 없다. 미리 몸에 추종향을 뿌려두었다 하더라도 이런 군집 속에서, 또한 이런 빗줄기 속에서 정확히 구별해 내기란 불가능했다.

"크윽!"

다시 비명성이 울리며 누군가 쓰러졌다.

"우리 쪽이 아닙니다."

쓰러진 인영을 확인한 녹림도가 고함을 질렀다. 그 소리에 흑운단주와 비룡의 눈에서 다시금 불꽃이 튀었다.

어떻게 그것이 가능한지는 모르겠지만 놈은 이번에도 정확히 우두머리 급을 노린 것이다.

쉬이익—

적운대주가 벼락처럼 검을 휘둘렀다.

파아앙!

그의 검에서 시뻘건 검기가 터졌다. 그러자 순간적으로 번개가 치듯 사방이 밝아졌다. 하나 그것은 너무나 찰나적이어서 흉수를 찾기란 불가능했다.

쿠아앙—

적운대주의 검에서 다시 터진 불길이 주변의 나무로 향했다.

잠시 나무에 불이 붙었지만 억수같이 퍼붓는 빗줄기에 금방 꺼져 버렸다. 그리고는 다시 비명성이 터져 나왔다. 채주한 명이 또 죽어 나자빠진 것이다.

"어깨를 맞대며 모두 최대한 밀집하라!"

흑운단주가 고함을 지르자 혼비백산하며 허둥대던 녹림도
들이 서로 몸을 맞대며 밀착했다.

"지금부터 한 발짝도 움직이지 마라. 누군가 움직이면 그
놈부터 먼저 목을 베어라."

흑운단주의 지시에 모든 녹림도가 그 자리에 얼어붙었다.
그리고는 자신의 가장 가까운 곳에 있는 동료를 상대로 온 신
경을 곤두세우며 검을 내지를 준비를 하였다.

그렇게 극도로 긴장된 시간이 흐르고 있었다.

'제법 영리한 자로군.'

어둠 속에서 유한성은 차갑게 미소를 지었다.

놈들은 어둠을 틈타 여태껏 몸을 숨겨 왔겠지만 어둠은 완
벽히 자신의 편이었다.

이런 칠흑 같은 어둠 속에서는 시력에 의해 신경이 분산되
지 않으니 정수리의 눈이 더욱 선명하게 능력을 발휘했다.

예전과는 비교할 수 없을 정도로 고강해진 녹림도들이라
들었다. 놈들의 몸속에 흐르는 기운으로도 그것이 확연히 느
껴졌다. 특히 놈들에게 명령을 내리는 자는 절정에 이른 고수
였다.

몸속을 흐르는, 이글거리는 불길 같은 기운!

놈은 녹림도가 아니라 백화루 일화가 말한 대로 홍화교도
가 확실했다. 그리고 그 옆으로 둘러선 놈들 역시 같은 홍화

교도들이었다. 그들 역시 일급 고수들이었다.

그들과 조금 떨어진 곳에 있는 놈들은 녹림도들이었다. 두 명의 일급 고수는 홍화교 우두머리를 제외한 나머지 홍화교도들과 비슷한 수준이었고 그들을 보필하는 듯한 위치에 있는 자들은 조금 무위가 떨어졌다. 그래도 그들 역시 예전의 녹림도들이라고 볼 수 없을 정도로 고수들이었다.

어둠이 물러나기 전에 그들을 최대한 많이 베어버리면 훨씬 쉬울 것이다. 아무리 맹독을 지닌 뱀이라도 목을 쳐버리고 나면 힘을 잃게 마련이다.

유한성은 사진용에게서 받은 작은 암기 몇 개를 손에 쥐었다.

삐이익—

암기들이 날카로운 호각 소리를 내며 떠났다. 그 호각 소리와 함께 놈들 속에 스며든 사진용 남매가 귀신처럼 신형을 움직였다.

"크윽!"

"베어라!"

"아아악!"

"죽여라!"

순식간에 아비규환이 일었다.

암기에 격중된 녹림도들이 발작을 했고 그들을 향해 동료의 도검이 날아든 것이다. 그 사이로 사진용과 사진혜가 놈들

을 마구잡이로 베어 넘겼다. 그 혼란이 파문처럼 사방으로 퍼
져 나갔다.

"쳐 죽일!"

적운단주가 이를 갈았다.

자신의 명령이 독이 되어 되돌아왔다.

"아악!"

점점 혼란이 더 커지며 그 혼란 속에서 사상자들이 점점 늘
어났다.

"모두 움직임을 멈춰라!"

적운단주가 공력을 잔뜩 불어넣어 고함을 질렀다.

고막이 터질 듯한 고함에 서로에게 칼질을 하던 녹림도들
이 가까스로 움직임을 멈추었다.

"사상자는?"

적운단주가 고함을 질렀다.

"수십 명에 이릅니다."

녹림도들이 고함을 질렀다.

"부하 두 명이 또 죽었습니다."

비룡의 억눌린 목소리가 터져 나왔다.

'대체?'

적운단주가 이를 갈았다. 그 와중에 부하가 둘이나 죽었
다. 그들은 밤이라고 해서 쉽게 당할 인물들이 아니었다. 눈
을 감고 기감으로도 충분히 적을 상대할 수 있는 자들이었다.

그런데 이렇게 속절없이 당해 버렸다.

‘이렇게 된 이상!’

적운단주의 눈이 가늘어졌다.

“여긴 내게 맡기고 모두 성시로 진격한다! 가서 모조리 불 태우고 이차 집결장소로 모인다.”

적운단주가 내공을 잔뜩 불어넣어 고함을 질렀다.

“모두 성시로 진격하라!”

척송기도 부하들을 향해 천둥 같은 고함을 터뜨렸다.

이곳에 있어봐야 동료들끼리 살육전을 벌일 뿐이었다. 놈 들은 소수이니 어서 흩어져서 놈들의 사정권 밖으로 나가는 것이 최선이었다.

두 사람의 명령에 혼란에 빠졌던 녹림도들이 정신을 차리 고 산 아래로 달려 내려가기 시작했다.

잠시 후 공터에는 적운단주와 비룡을 비롯한 두 명의 부하, 그리고 척송기만 남았다.

“당신도 가시오!”

적운단주가 척송기를 향해 말했다.

“어떤 놈인지 면상을 보기 전에는 한 발짝도 움직일 수 없 소.”

척송기가 이를 갈며 고개를 가로 저었다.

그는 마경덕에게 부하들의 지휘를 맡기고 적운단주처럼 이곳에 남은 것이다.

그 짧은 순간에 소두령급 채주들을 여러 명 베어버린 놈이다. 갈아 마셔도 시원찮은 놈을 그냥 두고 갈 수는 없었다.

"저곳이다!"

순간적으로 한줄기 살기를 느낀 적운단주의 부하 두 명이 바람처럼 몸을 날렸다.

파아앙—

시퍼런 섬광이 작렬하며 순간적으로 사방이 밝아졌다.

그 섬광 속에서 적운단주의 부하 두 명의 몸이 갈기갈기 찢겨지며 바닥으로 떨어져 내리고 있었다.

'마라검기!'

적운단주는 머리끝이 곤두서는 느낌과 함께 두 눈을 부릅떴다.

방금 살기를 흘려 부하들을 유인하고 순식간에 도륙한 놈이 뿌린 검기는 청해마검의 마라검기였다. 그렇다면 놈은 이공자를 죽이고 이급령마저 노출되게 한 그놈이 분명했다.

대체 그놈이 어떻게 이곳에 나타났단 말인가?

대적을 맞이한 적운단주의 등줄기로 식은땀이 흘러내렸다.

"저… 놈은?"

안력을 최대한으로 돋운 척송기도 상황판단을 했는지 침음성을 흘렸다.

*   *   *

“놈들이 몰려온다. 불을 붙여라!”

산 아래쪽의 정자 옆에서 한 사내가 지시를 내렸다. 그러자 몇 명의 사내가 정자 마루에 가득 쌓아놓은 장작더미에 기름을 붓고 불을 붙였다.

화아악―

기름을 먹은 장작더미가 순식간에 화염을 피워 올렸다. 그리고는 사방의 어둠을 밀어냈다.

비는 여전히 억수같이 퍼붓고 있었지만 정자 지붕 안쪽에서 기름을 부은 장작더미는 무서운 속도로 불길이 일었다. 그 불길은 정자 지붕이 내려앉아 비가 들이닥쳐도 쉽게 꺼지지 않을 것 같았다.

“한 놈도 살려주지 말고 모조리 베어라.”

정호회 타격대 일조장 용태진이 고함을 질렀다. 그러자 숲 속에 몸을 숨기고 있던 인영들이 새까맣게 몰려 나왔다.

정호회 타격대와 정주유검가 서검대의 무사들이었다.

“와아!”

“와!”

고함 소리와 함께 그들은 순식간에 녹림도와 뒤섞였다.

*   *   *

“뿌드득!”

정자에서 타오른 불길로 유한성의 면면을 확인한 척송기가 부셔져라 이를 갈았다.

너무 어린 모습이었다. 그리고 너무 침착해 보였다. 명성은 익히 들었지만 도저히 믿어지지 않았다.

“갈아 마시겠다!”

척송기가 철퇴를 들어 올렸다.

“혼자서 상대할 수 있는 자가 아니오.”

척송기 옆으로 비룡이 합세했다.

이공자를 죽인 자였다. 그런 자라면 셋이 합공을 해도 많이 부족할 것이다. 그러나 차마 적운단주까지 합세하자는 말은 할 수가 없었다.

척송기의 눈썹이 송충이처럼 꿈틀거렸다. 하지만 대적을 앞에 두고 비키라며 아군을 향해 철퇴를 휘두를 수도 없었다.

휘익―

획!

척송기와 비룡이 한꺼번에 유한성을 향해 달려들었다.

두 사람의 철퇴와 검에서 만년거암이라도 박살 내고 자를 듯한 기운이 유한성을 향해 쏟아졌다.

슈아악―

유한성도 빠르게 검을 휘둘렀다.

한줄기 검기가 척송기와 비룡이 뿌리 막강한 기운을 가르며 물살을 거스르는 연어처럼 치고 올라왔다. 그리고 어느 순간 그 검기는 검사(劍絲)가 되어 사방으로 폭사했다.

척송기와 비룡의 얼굴이 핼쑥하게 변했다.

평생 두 번 접하기 힘든 초상승의 무공!

"타앗!"

비룡이 미친 듯이 검을 휘둘렀다. 그를 따라 척송기도 하늘이라도 무너뜨릴 듯 철퇴를 쳐올렸다.

파팟—

비룡의 어깨와 척송기의 허리에서 핏줄기가 튀었다.

미친 듯이 휘두른 검과 철퇴로도 다 막아내지 못한 검기 한 줄기가 두 사람의 어깨와 허리를 할퀴고 지나간 것이다.

"타앗!"

두 사람의 상처를 본 적운단주가 기합성과 함께 뛰어들었다. 그럼으로써 삼 대 일의 대결이 시작되었다.

치이잉—

적운단주의 검에서 검의 길이만큼 긴 검기가 솟구쳤다. 척송기와 비룡과는 비교가 안 되는 수준이었다.

유한성이 한 걸음 뒤로 물러섰다. 그리고는 맹렬하게 검을 휘둘렀다.

진령검 사숙으로부터 깨달음을 얻은 유한성의 성라검법은 마라검법을 넘어서 또 다른 경지에 이르고 있었다.

콰콰쾅—

두 사람의 검기가 부딪치며 폭음이 터졌다. 동시에 사방이 훤하게 밝아졌다.

그 사이로 척송기와 비룡이 날아들었다.

유한성의 검이 그대로 쭈욱 그어 내려왔다.

츄아악—

한줄기이던 검기가 순식간에 그물이 되어 두 사람을 감싸 쟀다.

"크으윽!"

"크윽!"

척송기와 비룡이 온몸으로 피를 쏟으며 바닥으로 무너졌다.

성라검기에 걸린 그들의 몸은 넝마처럼 변해 있었다.

파아앙—

두 사람을 상대한 틈을 타 적운단주의 검이 유한성의 옆구리를 양단할 듯 날아들었다.

유한성이 슬쩍 검을 흔들었다.

콰앙—

적운단주의 검이 적룡검에 부딪쳐 허공으로 튕겼다. 적운단주의 눈이 두 배로 크게 떠졌다.

호구를 찢을 듯이 전해지는 충격파가 팔을 타고 올라와 심장까지 얼얼하게 만들었다. 단순한 부딪침이었지만 이공자가 왜 이놈에게 당했는지 충분히 이해가 갔다.

악명이 자자한 마라검기는 물론이고 내력마저 괴물의 수준이었다.

쉬이익―

이를 악문 적운단주가 현란한 환검을 펼쳤다. 마라검기가 펼쳐지기 전에 쉴 새 없이 환검을 펼쳐 승기를 잡을 작정이었다.

유한성의 입꼬리가 비틀어졌다. 그 어떤 환검도 현천성라검법의 그물망을 빠져나갈 수 없다.

따다다다당!

적운단주의 검초가 모조리 차단되었다. 그 사이로 유한성의 검이 바람처럼 스며들었다.

서격―

검기가 한 자나 솟아난 유한성의 검이 적운단주의 가슴을 스치고 지나갔다.

적운단주의 가슴이 쩍 갈라지며 심장이 벌겋게 벌어졌다. 그리고 뒤이어 그곳으로부터 피분수가 터져 나왔다.

"이럴… 수가?"

적운단주가 불신에 가득 찬 눈으로 자신의 가슴과 유한성을 번갈아 쳐다보았다. 뒤이어 그의 눈에서 급격히 생기가 빠져나갔다.

“쩝!”

“이건 뭐…….”

접근하지 말라는 지시를 받았지만 혹시나 싶어 달려온 모용표와 단목철문이 허탈한 표정을 지었다. 이미 상황은 끝난 상태였다.

“대주!”

정호회 타격대의 조장들인 용태진과 전학겸도 달려왔다.

그들의 눈이 크게 벌어졌다.

순식간에 끝난 싸움!

무림맹 총단으로 떠나기 전과는 또 다른 유한성의 모습이었다.

“젠장! 이젠 우리는 집으로 돌아가야겠군.”

단목철문이 넋두리를 했다.

“다른 놈들은?”

유한성은 불타고 있는 정자 쪽을 쳐다보았다. 서검대는 걱정이 없었지만 아직은 실전 경험이 거의 없는 정호회 타격대는 안심이 되지 않았다.

“반 시진만 더 싸우면 모두 벨 수 있습니다.”

용태진이 유한성의 걱정을 불식시키듯 답했다.

“어서 도웁시다.”

유한성이 몸을 날렸다.

第百十七章
뜻밖의 손님

비가 그치고 날이 밝아 오기도 전에 녹림도들은 모조리 흩어졌다.

전력은 삼분지 이 이상 남아 있었지만 문제는 우두머리들이 모두 베어져 머리 없는 뱀의 신세가 되어버린 때문이었다.

적운단주를 비롯한 비룡과 척송기가 죽었을 때부터 승부는 끝이 난 것이나 마찬가지였다. 하지만 빗줄기 속에서 그 사실을 알 리 없는 녹림도들은 한참을 더 칼부림을 하며 설쳤다.

그런데 시간이 지날수록 점점 더 지휘가 되지 않았다. 지휘를 해야 할 채주들이나 홍화교의 고수들이 모조리 죽어버린 것이다.

제일 마지막까지 살아남아야 할 그들이 어떻게 그렇게 제일 먼저 죽어 나자빠지는지 귀신이 곡할 노릇이었지만 그림자 하나가 휘익 하고 지나가면 다른 사람들은 멀쩡한데 그들만 죽어버렸다.

더 이상 싸움은 무의미했다. 아니, 불가능했다.

녹림도들은 아직 반 이상 남은 전력에도 불구하고 그들의 고향인 산속으로 뿔뿔이 흩어졌다.

"와아!"

"와!"

새벽의 미명과 함께 유검가로 돌아오는 타격대와 서검대를 본 유검가의 다른 검대원들은 환호성을 질렀다. 의기양양한 그들의 모습에서 단박에 승패를 가늠할 수 있었다.

"다친 데는 없느냐?"

가주 유세천이 유한성과 서검대주 서철중을 보며 물었다.

"멀쩡합니다, 형님!"

서철중이 양팔을 한껏 들어 올리며 고함을 질렀다. 그를 따라 서검대 대원들도 고함을 질렀다.

"수고 많았다. 어서 들어가서 할머님을 뵙거라. 밤새 뜬 눈으로 앉아 계셨다."

유세천이 유한성을 재촉했다.

"알겠습니다."

유한성은 서둘러 연화 대부인의 숙소로 향했다.

유세천의 말대로 연화 대부인은 노심초사한 모습으로 앉아 있었다. 그리고 유한성을 보자 긴 한숨과 함께 긴장을 풀었다. 그녀 옆에서 밤새 지키고 있던 하수린도 안도의 한숨을 내쉬었다.

"다치지는 않았느냐?"

연화 대부인이 물었다.

"괜찮습니다, 중조모님. 피라미들일 뿐이었습니다."

유한성이 가볍게 고개를 끄덕이며 연화 대부인을 안심시켰다.

"그래. 그래. 수고했다. 어서 가서 쉬어라. 너도 함께 가거라."

유한성의 손을 잡은 연화 대부인이 유한성과 하수린에게 손을 흔들었다. 그런 후 그녀는 비로소 침상에 몸을 눕혔다.

"그럼 편히 쉬십시오, 중조모님."

하수린이 깍듯이 인사를 하고 연화 대부인의 침소를 나왔다.

"정말 피라미였어?"

하검대 숙소로 돌아가며 하수린이 미소와 함께 질문을 던졌다. 그녀의 미소는 백목련보다 더 빛이 나고 있었다.

"어둠 속에서는……."

유한성이 고개를 끄덕였다.

이제 하수린은 사부 한조산과 산동제일의 천호연에 이어 유한성의 특별한 능력을 알고 있는 또 한 사람이었다.

"그럼 앞으로도 계속해서 밤에만 싸워."

하수린이 유한성의 팔을 잡으며 말했다.

"살수로 나서야겠군."

유한성이 피식 웃으며 대꾸했다.

"그것도 괜찮지. 어둠 속에서 나타나 대악인만 골라서 베어버리는 천령살수(天令殺手)! 정말 멋진데……."

하수린이 자신이 지어내고도 감탄했다는 듯 목소리를 높였다. 만약 유한성이 그런 살수가 된다면 못 죽일 사람이 없을 것 같았다.

그러는 사이 두 사람은 하검대 거처에 도착했다.

"수고했네."

하유걸이 무장한 상태로 유한성을 맞았다.

유검가의 검대 하나를 맡고 있는 그에게서는 이제 전장의 장수 같은 분위기가 풍겼다.

"다음에는 우리 하검대가 나갈 수 있도록 해. 안 그럼 다시는 네 녀석 안 볼 테다."

하유걸과 함께 하검대 대원으로 활약하고 있는 하정욱이 불만 가득한 표정으로 목소리를 높였다. 그는 가문을 무너뜨린 놈들을 자신의 손으로 복수를 하고 싶은 것이다.

"놈들은 산적들일 뿐이었습니다. 은하표국을 무너뜨린 놈들이 나타나면 그렇게 하겠습니다."

유한성이 고개를 끄덕이며 하정욱을 달랬다.

"수고 많았어. 어서 씻고 아침을 먹도록 하자."

하수린의 어머니 임소령이 음식상을 차리며 유한성을 채근했다. 밤새 잠을 설쳤는지 그녀의 얼굴도 수척해 있었다.

"배가 많이 고프군요."

유한성이 군침을 삼켰다.

"그래. 어서 씻고 와서 들도록 해."

임소령이 비로소 환하게 웃었다.

*   *   *

하유걸 가족과 함께 아침을 먹은 유한성은 하수린과 함께 일화 일행을 찾았다.

백화루에서 배신감에 치를 떨며 마음을 바꾼 그녀들에게 유한성은 평온한 삶을 찾아 떠나라고 했지만 그녀들은 홍화교가 멸망하는 날까지는 유한성을 따르며 도움을 주겠다고 했다.

유한성은 그녀들을 거듭 설득했지만 홍화교가 사라지는 날까지는 유한성 곁에 있는 것이 가장 안전하다는 그녀들의 말에 이곳까지 데려온 것이다.

"불편한 곳은 없으십니까?"

유한성이 초췌한 모습의 그녀들을 향해 물었다. 그동안 전력 질주하는 항마백룡대와 함께한 그녀들은 지친 모습이 역력했다.

"괜찮습니다. 심려하지 마십시오."

일화가 차분한 음성으로 답했다. 이화와 삼화도 고개를 끄덕였다.

"이쪽은 내 어린 시절 친구인 하수린입니다."

유한성이 같이 온 하수린을 소개했다.

세 여인이 하수린과 인사를 하며 쓸쓸한 표정을 지었다.

자신들의 미모는 온 하남성이 다 알아주는 정도였다. 그러나 그것은 말을 알아듣기 시작하면서부터 남자들을 유혹하기 위해 철저하게 꾸며진 미모였다. 이른바 화분 속의 분재 같은 아름다움이었다.

그에 반해 하수린은 정원에서 싱싱하고 화려하게 피어난 백목련 같았다. 그 미모에 더해 내면에서 피어오르는 자유로운 영혼의 향기는 그녀를 더욱 돋보이게 만들었다.

"전 올해 스물인데… 나이들은 어떻게 되세요?"

인사를 나눈 하수린이 불쑥 물었다.

쓸쓸한 표정을 짓고 있던 세 여인이 조금 당황한 표정을 하며 하수린을 쳐다보았다. 그녀들은 당연히 하수린이 입에 발린 말이나마 그동안 고생했다든지, 이젠 과거를 청산하고 새로운 삶을 살아가자든지 하는 위로의 말을 건넬 줄 알았다. 그런데 대뜸 나이부터 물어오니 어안이 벙벙할 따름이었다.

"전 스물다섯이고 애들은 스물셋, 둘이에요."

하수린의 거듭된 질문에 일화가 답했다.

"그럼 모두 언니들이네요. 정말 잘됐다. 전 여자 형제가 없이 위로 목석같은 오빠만 셋 있어요. 그래서 얼마나 외로웠는지 몰라요."

그렇게 서두를 꺼낸 하수린은 천형 같은 절맥을 타고나 어린 시절부터 일 년에 세 번도 밖에 나가지 못하고 방 안에서만 살아온 이야기에서 시작해서 혼자서 어떻게 그 외로움을 달랬는지 숨도 쉬지 않고 읊어 나갔다. 또한 스무 살밖에 살지 못한다는 사실을 열 살도 되기 전에 알았지만 부모님 가슴이 찢어질까 봐 모른 체하며 살아온 기막힌 심정 등을 폭포수처럼 토해냈다.

그렇게 근 일각이 지나자 쓸쓸한 표정만 감돌던 세 여인의 입가에 흐릿한 미소가 어리기 시작했다. 그녀들은 하수린이 자신들의 과거 따위는 전혀 신경 쓰지 않고 친언니처럼 대한다는 것을 느낄 수가 있었다.

"나도 할 얘기가 좀 있는데⋯⋯."

일각이 더 지났을 때, 더 기다리지 못한 유한성이 하수린의 말을 잘랐다.

"참! 그렇지. 그럼 나중에 언니들을 배반한 그놈들이 우리

가문을 어떻게 했는지, 그리고 제가 어떻게 천형을 떨치고 이렇게 건강하게 되었는지도 얘기해 드릴게요. 휴— 이젠 속이 좀 후련하네요. 남자들은 이런 얘기 아무리 해주어도 귓전으로 흘려들어서 속이 안 풀렸거든요.”

하수린이 내일을 기약하며 입을 다물었다. 입가에 미소가 걸려 있던 세 여인이 이젠 궁금증 가득한 눈을 한 채 유한성에게로 시선을 돌렸다.

“중원에 스며든 홍화교에 대해서 좀 더 자세히 알고 싶습니다.”

이곳까지 오면서는 밤낮을 가리지 않고 치달렸기에 제대로 대면할 시간도 없어 오늘 비로소 질문을 한 것이다.

유한성의 질문에 세 여인이 표정을 굳혔다. 자신들보다는 유한성이 수십 배는 더 놈들에 대해 원한이 많다는 것을 알았기 때문이다.

“중원에 몇 개의 거점이 있다는 것은 알지만 모두 점조직화되어 있어서 세세한 것은 몰라요. 그건 그놈만이 알고 있었어요. 죄송해요.”

이화가 설명했다.

“짐작 가능한 얘깁니다. 그건 차차 밝혀지겠지요. 그럼 천뇌자란 사람에 대해서 좀 더 말해주십시오.”

유한성이 다시 질문했다. 그런 그의 몸에서 불식간에 살기가 일었다. 하수린과 일화들이 숨을 제대로 쉬지 못하며 컥컥

거렸다.

'이런!'

유한성이 실수를 깨닫고 얼른 마음을 진정시켰다. 비로소 일화가 다시 입을 열었다.

"그자는 보통 인간으로서는 짐작도 불가능한 두뇌를 타고 났어요. 그래서 홍화교의 군사로서 모든 일을 꾸미고 있어요. 게다가 뱀보다 더 차갑고 집요한 성격은 두뇌보다 더 무섭다고 했어요. 아들을 잃은 놈은… 무언가 위험한 짓을 꾸밀 것이 분명해요."

일화가 언뜻 공포스런 표정을 지었다.

"놈은 지금 어디에 있습니까?"

유한성이 단도직입적으로 놈의 소재를 물었다.

"이제까지는 총단 내부에서 모든 것을 총괄했어요. 물론 총단의 위치는 저희는 몰라요."

일화가 고개를 저었다. 자신들은 중원에서 태어난 여인으로 놈들에 의해 선택되어 중원의 지단에서 키워지고 중원에서 임무를 수행했다.

"하지만 그의 아들 파루진이 죽었으니 절대로 가만히 있지 않을 거예요. 정말 조심하셔야 해요."

일화가 긴장감이 역력한 표정을 지었다. 같은 조직에 있으며 그의 잔인한 성격을 잘 알기 때문이었다.

"그놈의 이름이 파루진이었소?"

유한성은 이화의 말에서 생소한 이름 하나를 확인했다.

"그렇게 들었어요. 언제나 이공자라 불러서 생소하지만 그의 이름은 파루진이었어요."

이화가 대신 답했다.

유한성은 비로소 생사의 대결을 벌이고 끝내 죽음으로 이끈 놈의 이름을 알았다.

"크게 도움이 되지 못해 송구해요."

이화가 말했다.

"아니오. 천뇌자 그놈이 내 아버지를 죽인 원수라는 사실을 알았다는 것은 나에게 있어 세상에 흘러 다니는 모든 정보를 합친 것보다 중요하오. 그러니 아무 부담 없이 내 집처럼 편하게 쉬시오. 내 어머니는 이 집에서 쉬지 못했지만 당신들은 내 어머니를 대신해서 편하게 지내길 빌겠소."

유한성이 고개를 끄덕인 후 밖으로 나갔다. 그의 뒷모습을 쳐다보는 세 여인의 눈가에 이슬이 맺혔다.

"그럼 아까 하던 얘기 다시 나눠요. 그동안 속으로만 묻어두었던 얘기를 이렇게 할 수 있어서 너무 좋아요."

세 여인의 눈에서 눈물이 쏟아지려는 찰나 하수린이 다시 이야기보따리를 풀었고 세 여인은 얼른 눈꼬리에 매달린 이슬방울을 닦고 하수린의 얘기에 귀를 기울였다.

일화들을 만난 유한성은 그길로 정호회 타격대 거처로 향했다. 어젯밤 전투에서의 사상자를 살펴보기 위함이었다.

타격대의 거처는 처음에는 허창의 정검가였다가 정주로 옮긴 후 가주 유세천이 유검가 인근의 장원을 빌려 임시로 마련하였다. 나중에 유검가에서 아예 그 장원을 사들여 이젠 온전한 정호회 타격대의 거처가 되어 있었다.

어젯밤 전투에서의 피해는 중상자가 서른 명에, 경상자가 백 명이 넘었다.

실전 경험은 얼마 되지 않았지만 그동안 유한성으로부터 혹독한 훈련을 받은 그들은 오히려 서검대보다 더 강한 면모를 보였다. 그래서 어젯밤 전투에서 사망자가 한 명도 나오지 않은 성과를 거두었다. 물론, 그 이면에는 그들을 철저히 통제한 유한성의 노력이 있었다.

"괜찮소?"

유한성이 중상자들을 보며 물었다.

"괜찮습니다. 그리고… 말을 편하게 하십시오. 그래야 기강이 섭니다."

허리에 붕대를 감고 있는 청년이 대꾸했다. 한눈에 보아도 유한성보다 몇 살은 더 들어보였지만 유한성이 하대를 하기를 원했다. 그들에게 유한성은 하늘 같은 대주였다.

"우리가 언제 기강이 해이해진 적이 있었다고 그래. 그리고 바락바락 악을 쓴다고 기강이 서는 게 아니잖아. 아무리 부드러워도 자연스럽게 흘러나오는 기운이 있는데 무슨 상관이야."

팔에 붕대를 감고 있는 여자 대원이 목소리를 높였다. 그는 자신이 이렇게 상처를 입고 누워 있는 게 견딜 수 없는 모양이었다.

"기강은 강한 훈련을 통해서 가장 잘 서지요. 아침 훈련은 생략하겠지만 오후 훈련은 점심 먹은 반 시진 후에 시작하겠소. 그러니 한숨 잔 후 다친 사람만 제외하고 모두 준비하시오."

유한성이 내력을 실어 지시를 내렸다.

"미치겠네."

"지옥의 계절이 돌아왔구나."

대원들이 한 마디씩 고함을 질렀다. 그러나 그들의 표정에는 그 어떤 때보다 강한 신뢰감이 번져 나갔다.

"저들이 어떻게 단시간에 그렇게 강해졌는지 안 봐도 짐작이 가는군."

유한성과 정호회 타격대가 나누는 대화를 들은 모용표가 고개를 저으며 말했다.

"지옥훈련을 견뎌냈으니 강해지는 건 당연한 것이겠지."

단목철문도 고개를 끄덕였다.

"우리도 이참에 정호회 타격대에 투신하여 지옥훈련이나 한번 받아볼까?"

모용표가 기대감이 이는 얼굴로 말했다.

"그건 혼자 하게나. 난 지옥은 체질에 안 맞으니까."

단목철문이 손사래를 쳤다.

"그렇지. 넌 기생오라비 체질이지."

모용표가 피식 웃음을 흘렸다. 그들을 향해 유검가의 검대원 하나가 달려왔다.

"두 분 공자님께 개방을 통한 전갈이 왔습니다."

검대원이 모용표에게 서찰 한 통을 전해 주었다. 모용표가 급히 서찰을 개봉해 읽었다.

"쩝!"

모용표가 입맛을 다셨다.

"소환령이냐?"

단목철문도 김이 빠지는 표정으로 물었다. 그동안 유한성과 함께하며 죽을 고생도 했지만 무언가 살아 있다는 생동감을 느꼈다. 그런데 다시 갑갑한 무림맹 총단으로 간다고 생각하니 한숨부터 나오는 것이다.

"뿐만 아니라 일화 일행들을 데리고 오라는군."

모용표가 무거운 음성으로 말했다.

그동안 홍화교의 교도로서 철저하게 이용만 당하고 살다가 처절한 배신을 당한 그녀들이었다. 이곳으로 와서 겨우 한 가닥 자유를 찾고 사람다운 삶을 살아가고자 준비를 하고 있었다. 그런 그녀들이 무림맹 총단으로 가면 적군의 포로와 같은 취급을 받을 수도 있었다.

이미 홍화교를 배반하고 전향을 했기에 포로보다는 나은 대접을 받겠지만 홍화교에 대한 정보를 뽑아내기 위해서 무림맹은 온갖 질문을 다할 것이고 그녀들에겐 그건 고통스런 시간이 될 수 있다.

"유 공자가 보내주려 할까?"

단목철문의 얼굴에 걱정이 가득했다.

유한성의 성격상 아무리 무림맹 총단이라 할지라도 내키지 않는 일은 절대로 하지 않을 사람이다. 수틀리면 무림맹을 향해서 검을 휘두르는 것도 주저하지 않을 것이다.

"가문의 이름을 걸고 최대한 예의를 갖출 것을 맹세라도 해야지. 또 일만 끝나면 최대한 빨리 돌려 보내줄 것도 약속하고……."

모용표가 무거운 한숨을 내쉬었다.

*   *   *

"어제 그렇게 쏟아지고도 모자라 또 쏟아지는군."

유검가의 외곽 보초를 서던 하검대의 대원 하나가 혀를 차며 말했다. 점심때가 되자 잠시 멎었던 폭우가 다시 쏟아지고 있었다.

"시원해서 좋지 않은가?"

다른 사내가 화답했다.

"우리야 그렇지만 타격대는 오늘 오후부터 바로 훈련을 시작한다는데 고생문이 훤하니 말일세."

사내가 혀를 찼다.

"그건 그렇군. 한성 공자는 정말 질릴 정도야. 오늘 같은 날도 훈련을 하다니 말일세. 무쇠로 만들어진 인간이라도 이럴 수는 없을 텐데 말이야."

다른 사내도 혀를 찼다.

"내가 타격대가 아닌 게 정말 다행이야. 그런데… 누구지?"

고개를 절레절레 흔들던 사내가 미간을 좁히며 앞쪽을 쳐다보았다. 폭우 속에서 두 명의 인영이 곧장 다가오고 있었다. 초로인과 중년인이었다.

"멈추시오!"

사내가 검병에 손을 대며 두 사람을 제지했다. 시절이 시절이니만큼 경계심이 극도에 달해 있은 탓이었다.

"이곳이 정주유검가이오?"

걸음을 멈춘 중년인이 차분한 어조로 물었다. 청수한 얼굴에 도인과 같은 분위기를 풍겼다.

"그렇소만… 뉘신지?"

다른 사내가 두 사람을 뚫어지게 쳐다보며 물었다.

"우리는 유한성 공자를 찾아왔소."

중년인이 답했다.

"아! 그러시군요. 누구라고 전할까요?"

비로소 경계심을 푼 사내들이 공손하게 답했다.

"이분은 유 공자의 사부님이신……."

"청해마검!"

중년인의 말이 끝나기도 전에 두 사내는 이구동성으로 고함을 질렀다. 청해마검 한조산을 쳐다보는 사내들의 눈이 마치 귀신을 본 듯 커져 있었다.

잠시 후 두 사내가 서로 경주를 하듯 유검가의 정문 안으로 달려갔다.

"삼 사형의 명성이 하늘을 찌르는군요. 하하!"

진령검이 너털웃음을 터뜨렸다.

"잘난 제자 놈 덕분이지."

한조산도 보일 듯 말듯 미소를 지었다.

잠시 후 가주 유세천을 비롯한 유검가의 모든 식솔이 달려 나왔다. 그들 뒤로 유검가의 검대원들이 천라지망을 펼친 듯 달려왔다.

오늘의 유한성을 키웠고, 온 강호에 명성이 자자한 청해마검을 직접 본다는 생각에 그들은 지키던 자리를 모두 비우면서까지 한꺼번에 달려 나온 것이다.

"어, 어서 오십시오, 대인!"

가주 유세천이 황망한 표정과 함께 포권을 쥐며 허리를 숙였다.

한조산도 깊이 고개를 숙였다.

"어, 어서 안으로 모셔라!"

유세강도 혼이 나간 듯 고함을 질렀다. 그러나 그 고함 소리는 다른 소리에 묻혀 사라져 버렸다.

"한 할아버지!"

장내가 떠나갈 듯 고함을 지른 하수린이 한 마리 사슴처럼 한조산의 품으로 달려들어 울음을 터뜨렸다.

한조산은 순간적으로 하수린을 알아보지 못하고 흠칫 놀란 표정을 지었다. 하수린은 이제 불면 날아갈 듯 가녀린 열네 살 소녀가 아니라 누구보다 성숙하고 건강한 스무 살의 처녀가 되어 있었다.

"이게 누구냐? 정녕 네가 수린이냐?"

한조산이 비로소 하수린을 알아보고 목소리를 높였다.

"보고 싶었어요, 할아버지! 엉엉!"

하수린은 그간 연화 대부인 앞에서 그 누구 못지않은 요조숙녀의 자세를 버리고 어린애로 돌아갔다.

"허어―"

하수린의 건강한 모습을 본 한조산은 탄성을 터뜨렸다. 그녀의 건강한 모습 그 자체가 그간의 모든 사정을 대변하고 있었다.

"정말 잘되었구나. 허허허!"

한조산이 마침내 너털웃음을 터뜨렸다.

"대인!"

하유걸도 눈가에 이슬을 매달고 한조산에게로 다가갔다.

"무사하셨구료, 하 국주!"

한조산이 하나만 남은 손으로 하유걸의 손을 잡았다.

"사부님……."

유한성이 다가와 한조산에게 깊이 허리를 숙였다.

한조산은 아무 말 없이 유한성을 바라보다 고개만 몇 번 끄덕였다. 유한성도 허리를 편 후 사부 한조산을 묵묵히 바라보기만 했다. 두 사람은 그렇게 무덤덤하게 재회의 기쁨을 나누었다.

그야말로 그 사부에 그 제자였다.

"뭣들 하느냐, 어서 안으로 모셔라."

두 사람을 지켜보던 유세천이 고함을 지르자 청년들이 황망한 걸음으로 한조산과 진령검을 안으로 안내했다.

유검가 식솔들과의 성대한 접견이 끝난 후 유한성은 사부 한조산, 그리고 사숙 진령검과 함께 탁자를 마주했다.

유한성은 묵묵히 찻잔을 기울였지만 내심 궁금증이 물밀듯 밀려왔다.

두 사람이 이곳으로 찾아올 것이라고는 상상도 하지 못했다. 진령검 사숙께서 사부를 설득하여 현천검문으로 모셔갔

을 것이라 생각했다. 아니, 그렇게 되기를 간절히 빌었다. 그
렇게 되면 사부님께선 여생이나마 조금은 편하게 보내실 것
이라 생각했다. 그런데 이렇게 마주하고 있으니 당황스럽기
그지없었다.

"그놈을 기필코 죽였더구나."

먼저 입을 연 사람은 진령검 사숙이었다. 물론 죽였다는 놈
은 천뇌자의 아들 파루진을 말한 것이다.

"함정을 파고 기다리고 있었습니다."

유한성이 답했다.

"놈의 그 교활함과 집요함이 오히려 명을 재촉했구나."

진령검이 한숨을 내쉬었다.

"놈이 그년을 제 고모라고 했느냐?"

한조산이 눈에 불길을 토하며 말했다. 자신의 아들을 낳은
여인이었지만 자신을 기만하고 사문의 비급을 훔쳐간 원한은
영원히 씻어지지 않는 모양이었다.

"그렇습니다. 그리고 놈의 아버지는 천뇌자라 불리는 사람
으로 그가 지금까지의 모든 일을 꾸미고 추진하고 있다고 들
었습니다."

"처 죽일!"

한조산은 오른손 주먹을 부르르 떨었다. 그자로 인해 자신
은 사문의 죄인이 되었고 지금껏 증오로 점철된 처참한 생을
살아왔다.

“마음을 가라앉히십시오, 사형. 이젠 수십 년도 더 지난 일
입니다.”

진령검이 사형 한조산을 걱정했다.

“휴―”

긴 한숨과 함께 한조산이 들끓어 올랐던 감정을 추슬렀다.

“그런데 이곳엔……?”

잠시 후 유한성이 조심스럽게 질문했다.

“어쩐 일이겠느냐. 네 사부님의 성화 때문이지. 허허!”

진령검이 사형 한조산을 슬쩍 쳐다보며 웃었다.

진령검이 음풍장을 찾아가 사형 한조산을 만났을 때 한조
산은 해일같이 밀려오는 격정에 한동안은 입을 열지 못하고
진령검을 쳐다보기만 했다. 열 살도 되지 않았던 꼬맹이 때
보고 헤어졌던 사제가 사십대 후반의 중년인이 되어 찾아왔
으니 그 감회가 오죽했으랴.

잠시 후 두 사람은 수십 년 만의 상봉에 뜨거운 눈물을 펑
펑 흘렸다. 찔러도 피 한 방울 나지 않을 것 같은 청해마검 한
조산이었지만 근 사십 년 세월 만에 사문에서 자신을 만나러
온 막내사제를 보고는 황소 같은 울음을 터뜨리고 말았다.

차를 마시는 자리에서 진령검이 어떻게 이곳을 찾아왔는
지, 그간 유한성을 만나고 겪은 일들을 소상히 말했을 때 한
조산은 당장 일어서서 떠날 채비를 했다. 그런 집요하고 교활
한 홍화교 놈이 앙심을 품은 이상 유한성을 가만히 놓아두지

않을 것임을 예상했기 때문이다.

한조산의 고집을 꺾지 못한 진령검은 음풍장에서 겨우 차 한 잔만 얻어 마시고 길을 재촉할 수밖에 없었다.

먼저 무림맹 총단을 찾은 두 사람은 유한성이 비밀 임무 수행을 위해 낙양으로 떠났음을 알고는 낙양으로 갔다가 그곳에서도 간발의 차로 어긋나며 이곳 정주까지 온 것이다.

"이젠 놈을 죽였으니 사부님께선 사문으로 돌아가셔서 사조님을 뵙십시오."

유한성은 처음 진령검을 만났을 때와 마찬가지로 사부 한조산이 한시라도 빨리 현천검문으로 돌아가기를 바랐다. 그리고 그곳에서 사부 및 사형제들과 함께 여생을 보내기를 원했다.

"홍화교의 대대적인 준동이 얼마 남지 않았다고 들었다."

한조산이 무거운 음성으로 말을 이었다.

"그동안 암약하던 놈들이 본격적으로 강호로 뛰어들면 제일 먼저 쳐들어갈 곳이 어디라고 생각하느냐?"

한조산이 물었지만 유한성은 묵묵히 듣기만 했다.

"놈들은 무림맹 총단보다는 사문인 현천검문을 오히려 먼저 칠 것이다. 현천검문이 세상에 버티고 있는 한 놈들은 목에 가시 하나를 박고 살아가는 것과 마찬가지일 테니까 말이다. 특히 나에게……."

한조산은 잠시 말을 끊었다가 계속했다.

"나에게 자기 여동생을 보내 흉계를 꾸몄던 그놈은 절대로 우리 사문을 가만두려 하지 않을 것이다. 이젠 제 아들놈까지 네 손에 죽었으니 더욱 발작적으로 날뛸 것이다."

한조산의 눈빛이 깊게 가라앉았다.

"사형의 생각이 맞습니다. 대사형께서도 같은 생각으로 최근 주의 깊게 강호의 정세를 살피고 계셨습니다. 장문 사형 역시 마찬가지고. 사부님께서는 우리가 강호 일에 깊이 개입하게 되면 성취가 더뎌질 것을 우려하셨지만 속으로는 같은 생각일 겁니다."

진령검이 고개를 끄덕였다.

"놈들을 쓸어버리지 않으면 사문의 미래는 없다. 나는 지금 당장 땅속에 묻힌다 해도 상관없지만 너와 함께 사문에 있는 네 사형제 열 명에게는 놈들의 마수가 뻗치게 할 순 없다."

한조산이 불을 토하듯 말했다.

"하오면……?"

유한성이 긴장한 표정으로 한조산을 쳐다보았다.

"절대로 양립할 수 없는 놈들이다. 무림맹이 너를 이용하듯 우리도 무림맹을 이용하여 놈들을 쓸어버릴 생각이다."

한조산이 선언을 하듯 말했다.

유한성은 가슴에 바위를 올려놓은 심정이 되었다.

그동안 너무 처참한 삶을 살아온 사부! 그래서 여생만이라도 편하게 보냈으면 하고 간절히 바랐는데 사부는 다시 혈풍의 소용돌이 속으로 뛰어들려 하고 있었다. 사문의 미래 때문이라고 하지만 그 가장 큰 이유는 제자 때문일 것이다. 제자에게 닥쳐오는 혈풍이 너무 거세기에 몸소 뛰어들려고 하는 것이다.

'휴―'

유한성은 속으로 한숨을 삼켰다. 막는다고 들을 사람이 아니었기에 더욱 가슴이 무거워졌다.

"또한 이곳 역시 위험하기는 마찬가지다. 그러니……"

"사형 잠시만!"

한조산이 말을 이어가려는 찰나 진령검이 손을 들어 올렸다. 그리고는 이상한 주문을 읊조렸다.

"천웅이 왔습니다."

주문을 끝낸 진령검이 말했다.

"천웅? 모산파에서 얻은 그 천웅 말이냐?"

한조산이 눈을 가늘게 떴다. 진령검은 대답 대신 고개만 끄덕였다.

"자네의 성취가 이미 십성을 넘어섰단 말이군. 정말 대단하네."

한조산이 자신의 일처럼 기뻐했다.

기묘한 술법으로 명성이 높은 모산파에서는 영물인 천웅에게 새끼 때부터 주인의 피를 먹이고 술법을 건다. 그렇게 오랜 세월 공을 들이면 천웅은 주인과 심령으로 교감을 하고 주인이 있는 곳은 어디든 찾아온다.

현천검문의 조사들 중 모산파의 문도와 친분이 있었던 한 분은 그 술법구절과 천웅 한 쌍을 데려와 키우며 모산파의 술법에 현천심법을 접목시켜 한 단계 더 발전시켰다. 그리하여 모산파의 천웅이 자신의 주인 한 사람하고만 심령적 교감을 하는 수준을 넘어, 같이 피를 먹인 다수의 사람과도 교감하게 했다. 또한 심적 교감의 거리적 제한도 뛰어넘었다. 그러나 그건 심력이 막대하게 소모되는 일이라 현천심공의 성취가 십성에 이르러야 가능했다.

그 천웅이 진령검을 찾아온 모양이었다.

"놈을 마중 나가야겠습니다."

진령검이 서둘러 밖으로 나갔고 잠시 후 어깨에 까만색 매 한 마리를 올린 채 들어왔다.

"대사형의 전갈입니다."

진령검이 상기된 목소리로 말했다.

"대사형께서?"

한조산도 놀란 눈을 하며 진령검의 손에 들린 쪽지를 쳐다보았다.

"대사형께서 사문을 나서 중원으로 오시는 중이랍니다."

진령검의 대답을 들은 한조산의 얼굴에 말로 표현할 수 없는 감회가 어렸다.

사부님과 함께 누구보다 존경했던 대사형 현유검!

　대사형이 중원으로 오는 이상 얼마 후면 만나게 될 것이다. 막내사제 진령검과 마찬가지로 사십 년 만에 만나 뵙는 대사형은 또 어떤 모습일까?

　그리움과 송구함, 죄스러움… 그 모든 감정이 한꺼번에 휘몰아쳤다.

　"대사형도 삼 사형과 같은 생각을 하고 계셨으니 더 이상은 홍화교를 간과할 수 없다는 판단과 함께 사문을 나섰을 것입니다."

　진령검이 말했다.

　"오늘은 푹 쉬게 한 후 쾌선을 이용해 이리로 오시라는 전갈을 천웅을 통해 보내겠습니다. 그럼 한 달 후면 조우하실 수 있을 겁니다. 대사형까지 함께해 주신다면 놈들은 충분히 쓸어버릴 수 있습니다."

　진령검의 눈에서도 차가운 안광이 흘러나왔다.

第百十八章
일차계획

홍화교의 이급령은 무림맹의 발 빠른 대처에도 불구하고 절반의 성공을 거두었다.

구파일방 중 중원 가까운 곳에 위치한 문파는 무림맹 총단의 급보를 받고 준비를 하거나 매복과 함께 기습 공격을 하여 대승을 거두었다. 그러나 제때에 전서를 받지 못한 곳은 큰 피해를 입어 기둥뿌리가 흔들릴 정도였다.

그러나 그중 다행인 것은 소림과 개방이 거의 피해를 입지 않은 것이었다.

개방과 소림을 쳐들어간 녹림도들은 그 숫자와 고수들의 투입 여부 면에서 가장 강했다. 그것은 홍화교가 어떤 일이 있어도 그 두 곳은 휩쓸어 버리려 했기 때문이었다.

무림의 태산북두인 소림의 붕괴와 개방의 파괴는 강호에서 상징적인 면과 실질적인 면에서 큰 타격을 준다. 그래서 무엇보다 그 두 곳에 중점을 두었는데 실패로 돌아갔다.

그래서 홍화교의 입장에서는 절반의 성공이라기보다는 오히려 실패에 가까웠다.

"한 사람의 힘이 온 강호의 정세를 바꾸어놓고 있군. 무림으로서는 정말 다행이야."

서류를 뒤적이던 청년이 긴 한숨을 내쉬었다. 그런 그의 눈에 어린 광채는 칼날보다 날카로웠다.

청년은 오룡회 재건의 임무를 받고 동창에 숨어든 제갈세가의 장남 제갈신우였다.

"이젠 이곳에서도 일차 작전을 시작할 때가 되었다."

제갈신우가 다시금 긴 한숨을 내쉬었다.

온갖 권모술수와 소리장도(笑裏藏刀)가 난무하는 황궁!

그곳에서의 생활은 도산검림의 강호보다 더 살벌했다. 그러나 제갈신우는 예상보다 훨씬 더 빨리 계획을 완성할 수 있었다.

뛰어난 두뇌와 타고난 냉철함으로 한 치 빈틈없는 계획을 수립할 능력이 있기도 했지만 그 무엇보다도 그것을 가능하게 해준 것은 동생 제갈단영의 숨겨진 능력 때문이었다.

인간의 심성에 감응하는 능력을 가진 그녀는 제갈신우 곁에서 미소 뒤에 칼을 품은 자와 그렇지 않은 자를 가려 주었다. 그것을 바탕으로 제갈신우는 단심맹을 수족들을 잘라낼 일차 계획에 종지부를 찍을 수 있었다.

"천 길 물속은 알아도 한 길 사람 속은 모른다더니……."

자신이 작성한 계획서를 바라보며 제갈신우는 고개를 절레절레 흔들었다.

그동안 동지로 철석같이 믿었던 사람들 중에 얼마나 많은 자들이 첩자거나 배신자였던가?

동생 제갈단영이 하나씩 옥석을 가려 주었을 때, 처음에는 도저히 믿을 수가 없었다. 그들은 지금까지 누구보다 위험한 상황에서 거사를 준비했던 사람들이었다.

그 사람들이 본심을 숨긴 배신자였다는 사실은 도저히 받아들이기 힘들었다. 그러나 동생의 능력을 알기에 제갈신우는 그때부터 다른 각도에서 그 사람들을 관찰했고 결국은 동생의 말이 맞았다는 것을 알게 되었다.

그것을 생각하니 모골이 송연했다.

만약 그 사람들과 끝까지 일을 도모했더라면 어떻게 되었을까?

자신 역시 예전의 오룡회와 같은 신세가 되었음이 분명했다.

열 살도 되기 전에 황궁에 들어와 평생 그곳에서 잔뼈가 굵은 늙은 환관이나, 젊은 시절에 입궐하여 온갖 권모술수를 이

겨내며 고관대작이 된 관료들의 악독한 심계는 강호 무림에
비한다면 일대종사의 수준을 훨씬 넘어섰다.

그런 인간들이 득실거리는 곳이 황궁이었다. 또한 그런 일
대종사급 고수들이 포진한 곳이 단심맹이었다.

성군의 자질을 타고난 젊은 황제와 무림 고수가 포함된 오
룡회가 왜 그들에게 축출되었는지 이젠 충분히 납득이 갔다.
악독한 심계에 있어서는 일대종사 수준인 단심맹에 비해 오
룡회는 이류 고수 수준도 되지 못했다.

일대종사와 이류 고수의 대결!

백전백패, 천전천패 할 수밖에 없었다.

자신 역시 동생 제갈단영이 아니었으면 황궁의 어두운 복
도 한구석에서 쥐도 새도 모르게 사라졌을 가능성이 높았다.

재삼 모골이 송연해졌다.

그러나 이젠 다를 것이다.

아무리 악독한 심계를 가진 자들이라도 그것을 훤히 꿰뚫
어보고 있다면 오히려 제 꾀에 제가 넘어가는 하수로 전락할
수밖에 없다. 악독한 자들일수록 더욱 하수가 된다.

그런 자들을 일차적으로 쳐낼 때가 된 것이다.

제갈신우는 천장에 매달린 설렁줄을 잡아당겼다.

잠시 후 문이 열리며 못생긴 시녀 수앵이 들어왔다.

보면 볼수록 정나미가 떨어지는 못생긴 얼굴이었다. 첫인
상으로는 못생긴 얼굴도 자주 보다 보면 조금씩 나아지는 것

이 정상인데 수앵은 갈수록 더 못생기게 보였다.

새삼 동생의 진면목이 그리워졌다.

"더 이상 변동 사항은 없지?"

입맛을 한 번 다신 제갈신우는 수앵, 아니, 수앵으로 변장한 동생 단영을 향해 물었다.

"그렇습니다, 공자님."

제갈단영이 철저하게 수앵의 위치에서 답했다. 목소리 역시 탁음이었다.

두 사람만 있을 때는 목소리라도 은쟁반에 옥구슬이 구르는 듯한 동생의 것으로 했으면 하는 바람도 있었지만 동생 단영은 철두철미했다.

"그럼 일차 계획대로 실행을 해도 되겠구나."

제갈신우가 긴장한 표정으로 말했다.

"조금만 더 여유를 두고 시행하시면 안 되겠는지요?"

제갈단영이 무거운 음성으로 물었다.

그녀는 이번 거사에 유한성을 생각하고 있었다. 그의 능력을 누구보다 잘 아는 그녀는 어떻게 해서든 그에게 도움을 요청해 도움을 받을 생각이었다. 그가 도와준다면 일은 완벽한 성공을 거둘 수 있을 것 같았다.

"더 이상 시간을 끄는 것은 위험하다."

제갈신우가 단호하게 말했다.

애초에는 단심맹의 모든 인원과 늙은 쥐인 요공공까지 같이 쳐낼 계획을 세웠다. 그러나 요공공은 몇 겹의 철벽이 둘러 쳐진 듯 접근이 불가능했다. 시녀 정정을 통해 요공공 근처의 다른 시녀들을 만나 어떻게든 그곳으로 뚫고 들어가려 했지만 번번이 실패하고 말았다.

비로소 제갈신우는 그곳에는 누군가 자신보다 더 뛰어난 두뇌를 가진 자가 철저한 방비책을 세워놓았다는 확신을 하게 됐다. 그러는 사이 이중첩자들로 인해 자신들의 꼬리가 밟힐 위험성마저 감지됐다.

"하지만……."

제갈단영은 불안한 마음을 감추지 못했다.

"이런 일에는 시기가 그 무엇보다 중요하다. 그 사람의 능력은 내가 잘 알고, 또 그가 도와준다면 성공 확률은 몇 배로 높아지겠지만 그는 대의니 명분이니 하는 것들에 휘둘릴 사람이 아니다. 그는 자기가 지켜야 할 사람들을 최우선적으로 지키는 사람이다. 만약 그것과 무림맹의 움직임이 상충된다면 그는 한순간의 망설임도 없이 무림맹을 향해 검을 휘두를 수도 있는 사람이다. 설사 지금은 그가 도와주러 온다고 해도 시간이 너무 촉박하다."

제갈신우의 눈빛이 강렬해졌다.

"일차 계획은 더 이상 미루기 힘들다. 또한 하루라도 빨리 놈들을 쓸어버려야 몽고의 오랑캐와 포달랍궁의 라마승들이 헛된 꿈을 꾸지 못할 것이다. 황궁이 제 모습을 되찾고 제대로 된 황제가 백만 황군을 호령하는 모습을 보여야만 놈들이 몸을 사릴 것이다. 이대로 몇 달만 더 지나간다면 오랑캐와 라마승들이 중원으로 넘어올 것이고 그때는 풍전등화의 위기가 도래할 것이다.”

제갈신우가 한 치의 빈틈도 없이 설명했다.

“알겠습니다. 하지만… 제발 조심하세요, 공자님.”

수앵이 긴장 가득한 음성으로 답했다.

“왜 이렇게 늦었는가?”

육왕야가 노심초사한 표정으로 말했다. 그는 오룡회의 제일 핵심인 황실 종친으로 제갈신우와는 가장 가까이에서 모든 일을 의논했다.

“마지막으로 한 번 더 검토하느라 늦었습니다.”

제갈신우가 침을 삼키며 답했다.

“그동안 그렇게 철저하게 준비를 했는데 더 검토할 것이 뭐가 있단 말인가?”

육왕야가 혀를 내둘렀다.

“천려일실을 경계해야지요.”

제갈신우가 대꾸했다.

“하긴……. 그런 때문에 자네를 더더욱 믿을 수밖에 없지.”

육왕야가 미소와 함께 고개를 끄덕였다.

"그럼 거사일은 내관 대회의가 열리는 모레로 정한 것인
가?"

육왕야가 다짐을 하듯 물었다.

"그렇습니다. 그날이 최고의 적기입니다."

제갈신우가 단호함이 깃든 음성으로 답했다.

"잘 알겠네. 나도 철저히 준비를 하겠네. 그럼 모레 아침에
이곳에서 다시 만나기로 하세."

육왕야가 몸을 일으켰다.

"아!"

등을 돌리려던 제갈신우가 뭔가 잊은 것이 있는 듯한 표정
과 함께 육왕야를 쳐다보았다.

"뭔가?"

걸음을 옮기려던 육왕야가 신형을 멈추고 제갈신우를 쳐
다보았다.

"마지막으로 한 가지만 더 검토할 것이 있습니다."

제갈신우가 품에서 종이 몇 장을 꺼내 육왕야에게 건넸다.

"뭔가 이건?"

육왕야의 얼굴에 의구심 한 가닥이 떠올랐다.

"크게 중요한 것은 아니지만 혹시 모를 사태에 대비해서
한 번 보아주셨으면 합니다."

제갈신우의 대답에 육왕야가 종이를 넘겼다. 첫 장을 읽은
후 다음 장이 잘 떨어지지 않자 육왕야는 손가락에 침까지 묻

혀가며 한 장씩 넘겼다.

"이건?"

육왕야의 표정이 갑자기 돌처럼 굳어졌다.

"역시 그렇군요."

딱딱하게 굳은 육왕야의 얼굴을 쳐다보며 제갈신우가 차갑게 말했다.

"네놈이 어떻게?"

육왕야가 흉신악살처럼 제갈신우를 쳐다보았다. 그런 그의 얼굴이 이젠 시커멓게 변해가고 있었다.

"역시 한 길 사람 속은 모른다는 말이 맞았습니다."

몇 걸음 뒤로 물러선 제갈신우가 고개를 끄덕였다.

"대체… 내게… 무슨 짓을… 했느냐?"

육왕야가 두 손으로 목을 부여잡으며 가래가 끓는 음성을 토했다.

"서류에 독이 묻어 있었습니다. 첩자가 아니었다면 첫 장을 다 보기도 전에 던져 버렸을 테지요. 당신이 첩자라는 것은 오래전에 알았습니다. 하지만 역 공작을 펼치기 위해 이제껏 속는 척했던 것이지요. 물론 거사일도 모레가 아닙니다."

제갈신우가 차갑게 답했다.

"이… 이놈! 끄륵―"

육왕야의 입에서 시커멓게 변한 선혈이 쏟아졌다. 뒤이어 육왕야가 고목처럼 바닥으로 쓰러졌다.

"흔적 없이 치우시오."

잠시 차가운 눈으로 육왕야의 시신을 내려다보던 제갈신우가 밖을 향해 말했다. 그러자 복면을 쓴 사내 세 명이 바람처럼 실내로 들어와서는 육왕야의 시신을 자루에 넣은 후 소리 없이 사라졌다.

"일 단계 계획은 성공이군."

제갈신우가 낮게 중얼거렸다.

그렇게 시작된 제갈신우와 제갈단영의 일차 단심맹 척결 작전은 단 며칠 만에 단심맹을 삼분지 이 이상 휩쓸어 버렸다.

하지만 누구도 그것이 오룡회의 짓이라 생각하지 못할 정도로 은밀하고 치밀했다. 그래서 남은 단심맹 사람들도 재결성된 오룡회가 그들을 쳐낸 것이라는 생각은 하지 못했다. 오룡회가 재결성되며 암약하고 있다는 소문은 있었지만 누가 오룡회의 일원인지 알지 못했고 철저히 신분을 숨긴 채 활약상도 드러나지 않아 헛소문이라는 말까지 나돌았다.

그런 상태에서 단심맹이 삼분지 이 이상이나 세력을 잃은 것은 우습게도 그들의 끝없는 욕심 때문이라고 했다.

황실의 실권을 장악한 그들은 온갖 방법으로 사리사욕을 채우다가 황실의 창고가 바닥나자 고관대작의 자리까지 매관매직하는 것도 마다하지 않았다. 그것으로도 욕심을 다 채울

수 없자 급기야는 황제의 창고에 쌓인 재물들에까지 손을 댔
다.

무능하고 음란하여 황음만 일삼는 한심한 황제였지만 자
신의 것에 누군가 손을 댈 때는 어떤 폭군보다 더 사나워졌
다.

자신의 창고에 단심맹이 손을 댄 것을 안 황제는 불같이 노
하며 세상에 다시없는 폭군으로 돌변했다. 그는 그동안의 황
음을 깨끗이 떨쳐 버리고 보검을 직접 허리에 찬 채 창고에
손을 댄 자들을 색출하여 목을 쳤다.

그날도 모든 것을 망각한 채 두진향이 펼치는 환희보양술
로 생기를 북돋우고 있던 요공공은 비로소 사태의 심각성을
느끼고는 황제를 찾아가 온갖 감언이설로 설득을 했다. 그러
나 자신의 것이라면 밥상에 떨어진 밥알이라도 누가 손대는
것을 싫어하던 황제는 더욱 광기에 휩쓸리며 단심맹에 속한
사람들을 쳐 나갔다.

요공공은 그 순간 황제를 바꿀 생각도 해보았지만 너무 갑
작스런 일이라 준비도 되지 않았고 자신들에게는 세상천지를
다 뒤져도 지금의 황제보다 나은 사람을 찾을 수 없었다.

결국 요공공은 그동안 자신이 축적했던 재산의 반을 황제
에게 헌납하며 황제의 분노를 가라앉혔다. 그런 과정에서 단
심맹의 인원이 삼분지 이가량 죽어 나갔다.

요공공은 기가 막힌 심정에 며칠 동안 환희보양술의 안마

를 받는 것도 물리치고 사건을 살펴보기 시작했다.

그 결과 황제의 보검에 목이 달아난 단심맹의 환관이나 황족들은 죽어도 할 말이 없겠다 싶을 정도로 황제의 창고에 쌓인 재화를 축냈다.

혀를 찬 요공공은 관련된 서류를 덮고 모든 화근을 그들의 과욕으로 돌리며 사건을 종결하려 했다. 그러다 무언가 한 가지 걸리는 부분이 있어 그곳을 집중적으로 파고들었다.

두 시진을 꼼꼼히 살펴보았지만 서류상으로는 빈틈이 없었다. 숫자 하나 틀리지 않았고 은전 한 닢 모자라지 않았다.

오히려 그것이 더욱 강한 의심을 불러일으켰다.

그동안의 관례상 그런 서류는 어긋나는 곳이 한두 곳이 아니었다. 조금만 자세히 살펴보면 금액은 수천 냥이 모자랐고 글자마저 틀린 곳이 많았다. 그런데 이번 사건에 관련된 서류들은 너무 완벽했다.

비로소 거슬리는 부분이 무엇인지 알게 된 요공공은 사건을 처음부터 재조사하기 시작했다.

이틀을 노력했지만 의심만 갈 뿐 확증은 없었다. 그러다 사흘이 지났을 때 요공공은 이번 사건이 누군가에 의해 치밀하게 조작되었다는 것을 알게 되었다. 또한 죽어 나자빠진 사람들의 반 이상이 이중첩자로 활약했거나 현재도 활약하고 있는 자들이었다.

순간 요공공은 머리끝이 곤두서는 느낌을 받았다.

‘이건 오룡회의 소행이다.’

요공공의 눈에서 귀화(鬼火)가 쏟아졌다.

오룡회가 재건된다는 정보는 입수했지만 아직 두드러진 활동이 없어 크게 신경을 쓰지 않고 있었는데 놈들은 지척까지 다가와 눈을 빼어갔다. 이중첩자로 암약하던 단심맹이 거의 사라져 버렸으니 앞으로는 놈들의 동태를 전혀 파악할 수 없고 눈 뜬 장님이 될 것이다.

황궁에서의 싸움은 창칼을 들고 피를 튀기는 방식이 아니다. 황제에게 흘러가는 정보를 차단하고 더 나아가 수단과 방법을 가리지 않고 음해, 모략을 하여 황권의 힘으로 정적들을 쳐내는 것이다

그렇게 해서 오룡회를 쳐내고 패권을 잡았다. 그런데 이번에는 놈들이 똑같은 방식으로 단심맹을 삼분지 이 이상 쳐냈다.

‘그동안 너무 방심했다.’

뒤늦게 후회를 했지만 이미 엎질러진 물이었다. 그리고 이젠 언제 자신을 향해 칼날이 날아올지 모르는 상황이었다.

요공공의 뇌리가 무서운 속도로 회전했다.

그나마 다행인 것은 그동안 두진향으로부터 받은 안마로 인해 온몸에 활기가 충천하고 머리도 맑아져 예전보다 훨씬 민첩하게 대책을 마련할 수 있다는 것이다.

“육왕야를 알현해야겠다. 전갈을 넣어라!”

요공공이 밖을 향해 고함을 질렀다.

"육왕야께선 보름 전 즈음부터 행방이 묘연합니다. 그래서 황실에서도 찾고 있습니다."

시녀 하나가 조심스럽게 답했다.

"무어라!"

요공공의 하얗게 센 눈썹이 춤을 추었다.

"그럼 행방불명이라도 되었단 말이냐?"

요공공의 목소리가 배로 높아졌다.

"아무래도 그런 것 같습니다."

'아뿔싸!'

요공공은 뒤통수를 세차게 두드려 맞은 기분이었다.

그동안 육왕야가 세 번이나 자신을 만나려 하였다. 그러나 환희보양술에 깊이 심취해 있었고 또, 최근 자신을 찾는 황실의 종친은 모두 무슨 부탁을 하러오는 사람들뿐인 터라 요공공은 오늘은 몸이 안 좋으니 다음에 보자며 물리쳤다.

일인지하 만인지상의 위치에 있는 요공공에게 아무리 황실 종친이라도 황제의 직계만 아니면 손짓 한 번으로도 형장의 이슬로 사라지게 할 수 있으니 그런 일은 다반사였다.

하지만 이번에는 그게 아닌 모양이었다.

육왕야는 무언가 부탁을 하러 온 것이 아니라 오룡회 일 때문에 자신을 찾은 것이 틀림없다. 그가 행방불명되었다고 하니 비로소 그의 빈자리가 드러났다.

"어서, 어서 제독태감을 불러라."

요공공은 숨을 몰아쉬며 동창의 수장 기종위를 찾았다.

"부르셨는지요?"

잠시 후 제독동창 기종의가 요공공에게 인사를 했다.

요공공은 당장에라도 고함을 지르며 급박한 심정을 토로하고 싶었지만 그러면 상대에게 목줄을 잡히는 꼴밖에 되지 않는다.

"갈수록 신수가 훤해지는구먼."

요공공은 장죽을 깊이 빨아 내뿜으며 말했다.

"그런가요? 하지만 대부님에 비하면 조족지혈이지요. 요즘 대부님은 머리카락만 조금 염색을 하면 청년이라 해도 믿겠습니다. 하하!"

기종위가 느물거렸다.

요공공의 눈살이 찌푸려졌다. 평소라면 기분 좋게 되받아치며 같이 웃었겠지만 지금은 그럴 여유가 없었다.

"아이쿠! 제가 너무 교만했군요."

기종위가 얼른 꼬리를 말았다. 열 살이 되기 전부터 황실에서 잔뼈가 굵은 그는 상대의 미세한 표정 변화만 보아도 심기를 알아차릴 정도의 요물이 되어 있었다.

"이번 사태에 대해 어떻게 생각하나?"

요공공이 단도직입적으로 질문을 던졌다.

"이번 사태시라면… 아! 그것 말이군요. 험험! 아주 위험합니다. 요괴 몇 마리가 숨어들어 가까운 곳에 웅크리고 있는 것이 분명합니다."

슬쩍 딴청을 부리려다 요공공의 눈살이 다시 찌푸려지는 것을 본 기종위는 얼른 속에 있는 말을 내뱉었다.

"요괴?"

요공공이 눈을 가늘게 떴다. 상대가 마음에 드는 대답을 했을 때 보이는 반응이었다.

"그렇습니다. 예전에는 무식하게 힘으로 우리를 쓰러뜨리려 했는데 이번에는 우리가 했던 방식 그대로 뒤통수를 쳤습니다."

"자네도 알고 있었군. 그런데 왜 보고하지 않았나?"

요공공의 목소리가 높아졌다.

"저도 일이 벌어지고 난 후에야 그걸 느꼈습니다. 하지만 아직도 심중일 뿐 증거는 잡지 못했습니다."

기종위가 처음으로 심각한 표정을 지으며 말했다.

'흠!'

요공공은 신음을 삼켰다. 자신 역시 며칠 동안 조사를 하고 나서야 겨우 알아챘다. 그러니 기종위라고 별수 있으랴. 전말을 가장 잘 알고 있는 사람은 육왕야였을 텐데 행방이 묘연하니 땅을 칠 노릇이다. 아마도 그는 지금쯤 땅속에서 썩어가고 있을 것이다.

"그럼 이제부터 어쩔 생각인가?"

요공공이 착 가라앉은 음성으로 물었다. 그런 저음은 수행하지 못하면 목을 칠 만한 지시를 하달할 때 나타나는 현상이었다.

"감을 잡았으니 행동에 옮겨야지요. 놈들은 예전과 달리 소수입니다. 두뇌가 뛰어난 소수로 우리의 급소를 찌르고 있습니다. 당분간은 동창의 모든 임무를 중단하고 놈을 잡는데 주력하겠습니다."

기종위가 고개를 깊이 숙였다.

"일만 금을 내릴 테니 최대한 빠른 시일 안에 색출해 내게."

요공공이 풀린 표정으로 말했다. 기종위의 발 빠른 처사가 적이 마음에 든 것이다.

"알겠습니다."

기종위가 한 번 더 고개를 숙인 후 실내를 벗어났다.

제독동창 기종위가 사라진 후 요공공은 장죽을 길게 빨았다가 내뿜었다. 기종위가 제대로 사태파악을 하고 있었고 동창의 모든 인원을 투입한다고 했으니 조만간 놈들의 목을 벨 수 있을 것이다. 그럼 예전처럼 황제 못지않은 생활을 할 수가 있다.

"흐흠!"

기분이 풀린 요공공은 헛기침과 함께 다른 방으로 들어갔다. 두진향이 기거하며 환희보양술을 펼치는 곳이었다.

"어서 오십시오 대부님!"

나삼을 입은 두진향이 날아갈 듯 절을 올렸다. 며칠 동안 찾지 않다가 불쑥 나타나니 반응이 눈에 띌 듯 달랐다.

"그동안 바쁜 일이 있어서 찾지 못했다. 적적했겠구나."

주르르―

요공공의 위로에 두진향이 눈물을 주르르 흘렸다. 그 모습은 돌부처라도 애간장이 녹을 것 같았다.

"이리, 이리 오너라. 오늘은 그동안 못 나눈 얘기도 나누며 안마를 받아보자꾸나."

요공공이 두진향을 끌어안고 한참 동안 가슴을 주무르며 입을 맞춘 후 두진향의 허벅지를 베고 누웠다.

잠시 후 두진향은 요공공에게 정성스럽게 환희보양술을 펼쳤다.

"으음… 역시 좋구나."

요공공의 입에서 나른한 신음이 흘러나왔다.

"며칠 쉬는 바람에 옥체가 많이 굳었습니다."

두진향이 콧소리로 말했다.

"그러게나 말이다. 죽일 놈들이 내 권위에 도전하는 바람에 피치 못하게 시간을 빼앗겼구나."

요공공이 잠꼬대를 하듯이 말했다.

"어떤… 놈들이기에?"

두진향의 눈이 빛나기 시작했다.

"어떤 놈들인고 하니……."

요공공은 나른한 목소리로 그동안의 일을 세세하게 설명했다. 그 설명을 듣는 두진향의 표정이 눈에 뛰게 굳어졌다. 그리고 그녀의 눈에서는 차가운 빛이 연신 흘러내렸다.

"정말 죽일 놈들이군요. 감히 대부님의 사람들을 쳐내려 하다니."

설명을 다 들은 두진향이 약간 불안한 음성으로 말했다.

"너는 걱정할 것 없느니라. 제독동창이 사력을 다할 테니 쥐새끼들은 곧 잡힐 것이다. 그러니 보양술을 펼치는 데 온 힘을 다하거라."

요공공이 두진향의 엉덩이를 쓰다듬으며 달랬다.

"알겠습니다, 대부님. 그리고 이젠……."

두진향이 뜸을 들였다.

"말해보아라."

요공공이 감았던 눈을 게슴츠레 떴다.

"사부님의 소식이 전해……."

"무어라?"

두진향의 말이 끝나기도 전에 요공공이 솟구치듯 상체를 일으켰다.

두진향의 사부는 두진향과는 비교도 안 되는 실력으로 환희보양술이 아닌, 극락환천술을 익히고 있다고 했다. 그리고 그것을 펼치면 불사는 아니더라도 세수 이백은 충분히 자신한다고 했다. 극락환천술을 대성하기 위해 새외로 나갔다고 했는데 이젠 돌아온 모양이었다.

"대성을 이루었단 말이냐?"

요공공이 윽박지르듯 물었다.

"그러하옵니다."

두진향이 환하게 웃으며 답했다.

"그럼 무얼 하고 있느냐. 어서 내게로 데려오너라. 극락환천술을 내게 펼쳐주면 내 목숨 빼고는 원하는 건 무엇이든 다 주겠다고 하여라."

요공공의 얼굴이 흥분으로 달아올랐다.

"그러지 않아도 전언을 보냈습니다. 조만간 기별이 올 것입니다."

두진향이 고개를 숙였다.

"그래, 그래! 정말 잘했느니라. 네 사부만 오면 너에게도 평생, 아니, 자손 대대로 호의호식할 수 있게 해주겠노라."

요공공의 숨소리가 가쁘게 흘러나왔다.

第百十九章
대격돌

푸드득!

유검가의 집무실로 전서구 열 마리가 꼬리를 물고 날아들었다. 그 전서구들은 작년 가을 연화 대부인의 구십 회 생신 잔치 때 인근 무가의 가주들과 정호회를 결성하며 그들 가문 주변에서 위급한 상황이 발생하면 유검가로 급보를 띄우라고 준 놈들이었다.

"이, 이건?"

전서구들의 전통을 차례로 열어 본 유세강이 경호성을 질렀다.

급보의 내용은 일천 명에 가까운 대규모의 인원이 정주성 사방에서 유검가를 향해 조여들어가고 있다는 내용이었다.

열 개의 급보에서 모두 똑같은 내용이었다. 그렇다면 최소한 만 명에 가까운 인원이란 말이었다.

유세강은 즉시 경종을 울렸다. 그리고는 모든 검대에 비상을 걸었다.

잠시 후 집무실에서 유검가 가솔들과 검대주 및 조장들이 모두 모였다. 그리고 유세강이 급보의 내용을 공개했다.

급보의 내용을 접한 유검가 가솔들의 얼굴이 창백하게 변했다.

못해도 일만 명에 달하는 무리가 가문을 향해 모여들고 있다는 말이었다. 열흘 전에 인근 산자락에서 일천 명에 가까운 무리를 도륙하거나 쫓아버리며 승리감에 도취했었다. 그리고는 모든 위험을 떨쳐 버렸다고 안심했다. 그런데 그것은 시작에 불과했다. 놈들은 그때보다 열 배도 넘는 인원이 쳐들어오고 있다는 말이었다.

그것은 성라검 한조산이 판단한 대로였고 일화들이 우려한 그대로였다. 아들에 대한 일이라면 교주의 명도 거역할 정도로 애착이 강한 천뇌자가 아들을 죽인 유한성을 그대로 둘 리가 없었다. 무언가 수작을 더 부릴 것이라 생각했는데 수작 정도가 아니라 유한성의 가문인 정주유검가를 아예 말살시키려 하고 있었다.

"이곳까지 도착하려면 얼마나 걸리겠느냐?"

가주 유세천이 유세강을 향해 물었다.

"내일 새벽이면 도착할 것입니다."

유세강이 가라앉은 음성으로 답했다. 그리고는 바위처럼 무거운 침묵이 이어졌다.

내일 새벽이나, 이르면 오늘 밤에 일만 명을 넘어선 무리가 가문으로 쳐들어온다. 현재 가문에는 네 개의 검대원 팔백 명과 정호회 타격대 오백 명, 도합 천 삼백 명의 대원이 있다. 단순 계산으로도 거의 십 대 일의 대결을 벌여야 한다는 말이다.

다행인 것은 절정고수인 유한성과 그의 사부인 청해마검 한조산, 그리고 두 사람보다 더 강한 고수로 일대종사의 반열에 오른 진령검이 있다는 것이다. 그들이 없다면 이곳에서 회의를 할 생각조차 하지 못하고 필사의 도주를 펼쳐야 할 상황이었다.

"일만이 확실한 것이냐?"

유세천이 다시 물었다.

"각각 다른 곳에서 날아온 전서입니다. 그러니 중복되지 않았다고 보면 일만이 넘습니다."

유세강이 무겁게 고개를 끄덕였다.

대답을 들었지만 유세천은 무어라 말을 하지 못했다. 워낙 압도적인 숫자 앞에 계산이 서지 않았고 어떻게 해야 할지 엄두도 나지 않은 것이다.

"우선은 싸울 수 없는 사람들은 모두 지하석실로 피신시키십시오."

유한성이 차분한 어조로 말했다. 그 침착한 목소리에 실린 힘이 가슴속에 가득 찬 공포감을 반은 밀어내 주었다.

"어서 그렇게 해라!"

유세천이 청년들을 보고 지시를 하자 청년들이 득달같이 뛰어나갔다.

"그리고 외곽 담장 밖에는 대나무를 잘라 거마창(拒馬槍)을 만들어 설치하고 안쪽에는 방패와 함께 궁수들을 배치하십시오."

유한성이 다시 말했다.

"어서 그렇게 해라!"

유세천이 아까와 똑같은 명령을 내렸다.

"그건 내가 맡겠습니다."

서검대주 서철중이 같이 참석한 아들들과 조장들을 데리고 밖으로 나갔다.

"용 조장!"

유한성은 정호회 타격대 일조장 용태진을 불렀다. 용태진이 바람처럼 달려왔다.

"스무 개의 검진을 만들어 내당 담장을 빙 둘러 포진하시오."

"알겠습니다."

용태진이 고개를 숙이고 달려나갔다.

"만 명이라……."

한참 동안 눈을 감고 있던 진령검이 나직하게 중얼거렸다.

일대종사의 수준에 이른 고수의 말인지라 모두들 움직임을 멈추고 진령검의 음성에 온 신경을 집중했다.

"그중에 고수는 얼마나 될까?"

진령검이 물었다.

"일전에 개방으로 달려가던 놈들을 보면 절정에 이른 홍화교의 고수가 한 명, 그를 따르는 고수가 열 명, 그리고 그 열 명보다 한 수 아래 수준인 녹림의 채주급 고수들이 스무 명 정도 되었습니다. 그런 조직이 열 개 정도 합쳤다고 보면 됩니다."

유한성이 답했다.

"그럼 절정고수 열 명에 일류 고수들은 삼백 명이 되겠구나."

진령검이 계산을 했다.

"그렇다면 그리 어려운 싸움도 아니구나."

진령검이 차분하게 말했고 그 말을 들은 유검가의 가솔들이 두 눈을 크게 떴다.

천삼백여 명의 검대원으로 그 열 배인 만 명이 넘는 적을 상대해야 한다. 뼈라도 제대로 추릴 수 있을지 가늠이 되지 않는데 그리 어려운 싸움이 아니라니?

　아무리 절정을 뛰어넘은 고수지만 너무 광오하다는 생각이 들었다.

“그렇게 생각하는가?”

한조산이 빙그레 웃으며 물었다.

“절정고수 열 명만 베어버리고 나면 시간문제입니다. 그 시간 동안 최대한 피해를 줄이는 것이 관건입니다. 그런 차원에서 전략을 짜기로 하지요.”

진령검이 답했다.

“그 열 놈이 초장부터 날 죽여주시오 하며 우리 앞에 목을 들이밀지는 않을 것 아닌가?”

한조산이 지적했다.

“그것이 가장 문제지요. 놈들이 한꺼번에 달려들어 최단시간 안에 쓸어버리면 좋겠지만 놈들도 바보가 아닌 이상 불나방처럼 무모하게 달려들지는 않겠지요. 부하들 속에 숨어 있으면 워낙 수효가 많으니 찾는 것도 힘들겠지요. 그사이 피해가 커질 수 있고…….”

진령검이 방도를 생각하려는 듯 지그시 눈을 감았다.

“곧바로 전면전이 벌어지더라도 대치 상태에서 반 시진만 시간을 끌어 주십시오, 그러면 놈들을 쉽게 색출할 수 있게 해 드리겠습니다.”

유한성이 나섰다. 그러자 진령검에 집중해 있던 모든 시선들이 유한성에게로 모였다.

“어떻게 말이냐?”

진령검이 감았던 눈을 뜨며 물었다.

“어둠은 제 편입니다.”

유한성이 짤막하게 답했다.

“네 특별한 능력을 사용할 생각이더냐?”

한조산이 깊은 눈으로 유한성을 쳐다보며 말했다. 유한성
은 묵묵히 고개를 끄덕였다.

다른 사람들은 무슨 말인지 납득이 가지 않아 쳐다만 볼 뿐
이었다. 단지 절정고수들이라 자신들이 상상할 수 없는 능력
이 있다고 생각했다.

“그것 역시 놈들이 내일 해가 뜬 후에 습격하면 어렵지 않
겠느냐?”

한조산이 대꾸했다.

“아무리 관과 무림은 서로 불가침이라 할지라도 백주 대낮
에 만 명이나 되는 인원들을 이끌고 성시로 쳐들어와 한 가문
을 습격하는 것은 꺼려질 일입니다. 놈들은 새벽의 어둠을 틈
타 습격을 하고 어둠이 다 걷히기 전에 사라지려 할 것입니
다.”

유한성이 답했다.

“하지만 숫자가 너무 많구나.”

한조산이 우려를 표했다.

“어둠은 제 편입니다. 제일 먼저 처치해야 할 놈들에게는

흑천향(黑泉香)을 묻혀 놓겠습니다. 사부님과 사숙께서는 우
선적으로 그놈들부터 베어주십시오. 그럼 놈들은 머리 잃은
뱀이 될 것입니다."

유한성이 신중하게 말했다.

흑천향은 사진용 남매의 부친인 사철해가 은영각주 우무
상과 함께 개발한 추종향으로 다른 사람은 전혀 맡을 수 없지
만 그것을 미리 마신 사람은 그 냄새를 십 리 밖에서도 감지
할 수 있다.

"이리 주거라!"

한조산이 사진용을 향해 손을 내밀자 사진용이 얼른 두 병
의 흑천향을 건네주었다.

"자네도 한 병 마시게. 그러면 그 냄새는 발에 묻은 거름
냄새보다 더 확실히 맡아질 것이네. 그 냄새가 나는 놈들을
우선적으로 베어버리게. 물론 꼭 집어내기 힘들면 근처에 있
는 놈들까지 베어버리면 될 것이네."

한조산은 그 효력에 대해 이미 알고 있는 듯 흑천향 한 병
을 진령검에게 내밀며 말했다. 흑천향을 받은 진령검은 무슨
영문인지 모를 표정으로 한조산과 유한성을 번갈아 쳐다보았
다. 유한성이 정수리의 눈으로 인간이 몸속에 흐르는 기운을
읽고 어둠 속에서도 정확히 고수를 찾아낸다는 능력을 모르
는 그로서는 두 사람의 행동이 납득이 가지 않은 것이다.

"설명은 차차 해주겠네. 그러니 내 말대로 하게."

한조산이 당부했다.

"알겠습니다, 사형. 그렇게 하지요."

진령검도 한조산을 따라 흑천향을 마셨다. 그들을 보고 있는 유검가의 사람들은 진한 의구심 속에서도 큰 안도감을 느꼈다.

세 명의 절정고수가 지금 무슨 일을 벌이려는지 이해가 되지 않았지만 자신들로서는 상상도 불가능한 고수들이고 그런 만큼 범인들로서는 예상 못한 계획을 세우고 있다는 생각을 한 것이다.

"불은 모두 끄십시오. 그리고 집에 있는 모든 옷가지나 천, 그것도 모자라면 짚단에 물을 최대한 많이 뿌려 불이 붙을 만한 곳을 감싸 주십시오."

유한성이 똑같은 어조로 말했지만 이번에는 유세천이 어서 그렇게 하라는 지시를 내리지 않았다. 영문을 알 수 없었기 때문이다.

"어둠 속에서 놈들은 불화살을 날려 불을 지를지도 모릅니다. 최대한 불이 붙지 않고 어둡도록 유지해 주십시오."

"건물보다 사람이 더 중요하지 않겠느냐?"

유세강이 이견을 제시했다.

"이유는 나중에 말씀드리겠습니다. 그렇게 해주십시오."

유한성이 조금은 단호하게 말했다.

"알겠네. 그렇게 하지."

이번에는 하검대주 하유걸이 고개를 끄덕인 후 대원들과 함께 밖으로 나갔다. 유한성에 대해서는 누구보다 잘 아는 그였기에 유한성이 그렇게 하는 것은 필시 그만한 이유가 있을 것이라 생각한 때문이었다.

"시간이 없으니 본론만 말하겠습니다. 검대원들 중 고수 순으로 이백 명을 추려 주십시오."

이번에는 진령검이 유세천을 향해 말했다.

"고수 순이라면… 검대주들이 제일 고수이고, 그 다음으로는 조장들인데……."

"그렇게 추려 주십시오."

"그럼 지휘체계가 흔들립니다."

유세강이 우려를 표했다.

"이각 동안만 동원하면 됩니다. 그 후에는 원래대로 지휘하시면 됩니다."

진령검이 차분하게 말했다.

"준비하게."

유세천이 목검대주 목진열에게 지시를 내렸다. 목진열이 몇 명의 청년과 함께 집무실을 빠져나갔다.

"놈들 중 선두가 십 리 이내로 접근했다는 척후대의 보고입니다."

밖에서 청년의 다급한 목소리가 들렸다.

열 개의 무리로 나눠서 달려오는 놈들 중 제일 빨리 진군하고 있는 놈들이 십 리 밖에 있다는 말이다.

"예상보다 빠르군. 십 리면 반 시진 안에 도착할 것이다. 그러니 더 빨리 움직여라!"

유세천이 고함을 질렀다. 그와 함께 모든 유검가의 사람들이 더욱 분주하게 움직이며 대 결전의 준비를 했다.

척후대의 보고 이후 반 시진 안에 도착할 것이라 예상했던 놈들의 선두는 한 시진이 지나도 쳐들어오지 않았다. 이후에 전해진 보고에 따르면 놈들은 곧바로 진격하지 않고 유검가에서 십 리의 거리에 있는 강변에 멈추어 서 있었다.

그 이유는 전력을 분산시키지 않고 열 개의 무리가 모두 도착한 후 한꺼번에 유검가를 향해 쇄도하기 위함이었다. 그것은 더욱 불안감을 가중시켰고 검대원들은 물론 유한성으로부터 지옥훈련을 받은 타격대원들도 불안한 표정을 감추지 못했다.

다시 반 시진이 더 지났을 때는 축(丑)시를 넘어서고 있었다.

"놈들이 사방에서 한꺼번에 몰려옵니다."

외당의 망루 위에서 고함 소리가 들렸다.

잠시 후 지축을 울리는 발소리들이 사방에서 들려오기 시작했다.

"먼저 움직이겠습니다."

발소리에 귀를 기울이던 유한성이 신형을 일으켰다.

"조심하거라!"

한조산이 당부했다.

"어둠은 제 편입니다."

짤막하게 말한 유한성이 사진용과 사진혜를 쳐다보았다.

"내가 신호를 하면 주의만 잠시 흩뜨려라. 그 외 다른 짓은 절대 하지 말아라."

유한성이 두 사람에게 엄하게 당부를 했다.

"알겠습니다, 사형!"

"알았어요, 오라버니."

두 사람이 고개를 끄덕였다.

"다녀오겠습니다."

인사를 한 유한성의 신형이 그 자리에서 사라졌다. 그 뒤를 따라 사진용과 사진혜가 어둠 속으로 파고들었다.

"불화살을 날려라!"

유검가의 외곽에 다다른 사내 하나가 고함을 질렀다.

장마가 목전으로 다가온 사위는 짙은 어둠에 묻혀 있었다. 그런 와중에 유검가에서는 한줄기 빛도 흘러나오지 않아 외곽만 흐릿하게 구별될 뿐 안쪽은 어떤 모양인지 조금도 보이지 않았기 때문이다.

쉬이익―

수십 개의 불화살이 허공을 날며 유검과 외당과 내당에 박혀들었다. 그러나 탈 만한 것은 온통 물을 흠뻑 먹인 헝겊이나 짚단으로 감싸놓았기에 불화살은 곧 광채를 잃고 꺼져 버렸다.

휘이익—

다시 화살이 날았지만 결과는 마찬가지였다.

"상관없다. 거마창을 치우고 모두 뛰어들어 쥐새끼 한 마리 남기지 말고 베어라."

선두에 선 자가 고함을 지르자 녹림도와 흑도로 이루어진 무리들이 광기 어린 고함을 지르며 다가들었다. 그리고는 고슴도치 털처럼 바닥에 깔려 있는 거마창들을 치우기 시작했다.

피피핑—

유검가 정원 안에서 화살이 날았다. 거마창들을 치우던 무리들이 비명과 함께 그 자리에 꼬꾸라졌다. 그러나 그것은 연못에서 물 한 바가지를 퍼내는 것과 마찬가지였다. 순식간에 다른 놈들이 달려들었고 그들에 의해 빠르게 거마창들이 치워졌다.

거마창을 치운 놈들이 담을 넘으려는 순간!

"갈!"

유검가 내당의 가장 높은 건물 지붕 위에서 천둥 같은 고함이 터졌다.

불가의 사자후를 뛰어넘는 창룡후였다.

"크윽!"

"크악!"

비명성과 함께 거마창을 치우고 담을 향해 뛰어들려던 자들이 귀를 틀어막은 채 쓰러지거나 바닥에 주저앉았다.

"지금!"

건물 꼭대기에서 진령검이 지시를 내렸다.

목소리는 옆에서 담소를 나누듯 낮았지만 중후한 내공이 실려 있어 유검가 전체로 퍼져 나갔다.

"와아!"

"와!"

외당의 문이 열리며 고수 순으로 추려놓은 이백 명의 조장이나 검대원들이 담을 넘어 방사선형으로 달려나갔다. 그리고는 창룡후에 당해 일시적인 무력증에 빠진 녹림도와 흑도들을 사정없이 베었다.

한 사람이 네 명씩 베어버렸을 때 쯤 무력증에 빠졌던 무리들이 정신을 차렸다. 그러자 유검가 검대원들은 달려나갔을 때와 마찬가지로 순식간에 담을 넘어 되돌아왔다.

'뭔가 이건?'

일만 명의 무리 뒤쪽에서 이마에 긴 흉터가 새겨진 사내가 두 눈을 부릅뜨며 사방을 둘러보았다.

눈 깜짝할 새 벌어진 일이었다. 그리고 그 일로 인해 팔백 명에 가까운 무리가 죽거나 치명상을 입고 쓰러져 버렸다. 그 모습은 마치 유검가 외곽담장 주변으로 시체의 띠를 한 겹 두른 것 같았다.

이마에 흉터가 있는 사내 청운단주가 눈에 불을 켜며 앞을 쏘아보았다. 그는 이곳에 온 열 명의 단주 중 가장 고수로 선임의 위치에 있었다.

'저자!'

청운단주의 눈에 내당 건물 꼭대기에 오연히 서 있는 한 중년인이 들어왔다. 발 디딜 곳이라고는 손바닥만 한 기와조각이었는데 중년인은 그곳을 밟고 허공에 뜬 듯 서 있었다.

'절대고수……'

청운단주가 신음을 삼켰다.

저런 정도의 창룡음은 들어본 적도 없다. 교주나 가능할 것 같았다.

"대체 누굽니까?"

철마단주가 다가와 무거운 음성으로 물었다.

청운단주는 아무 대답도 못하고 건물 지붕에 오연하게 서 있는 진령검만 노려보았다.

'청해마검?'

청운단주의 뇌리에 한 개의 별호가 스쳐 지나갔다.

그의 제자가 이곳에 있으니 청해마검이 와 있을 수도 있었다. 하지만 청해마검은 지금 육십대 후반의 늙은이라 했다.

그런데 저 사내는 사십대 중후반 정도로밖에 보이지 않았다.

"진령검……."

청운단주가 신음성을 토했다.

정보에 의하면 무림맹에 현천검문의 문도가 나타났고 그는 진령검이라 했다. 또한 그가 이공자의 일을 방해했고 결국 죽음에 이르는 원인을 제공했다고 들었다.

그때 무림맹에서 홀연히 사라졌던 그가 이곳에 와 있었다.

"진령검이라면… 현천검문의 문도?"

철마단주가 두 눈을 부릅떴다. 그리고는 덧붙였다.

"그럼 청해마검도 있겠군요."

철마단주가 이를 갈며 내뱉었다.

"일찍 사문을 나온 청해마검보다 그 사제는 훨씬 더 고수라더니……."

철마단주의 음성이 무겁게 내려앉았다.

"강궁!"

청운단주의 고함에 부하 하나가 강궁을 건네주었다.

피잉—

강전 하나가 진령검을 향해 무시무시한 속도로 날아갔다. 그대로 명중되면 아무리 거리가 있다한들 가슴이 꿰뚫릴 힘이 실려 있었다.

강궁이 진령검의 신형 부근에 다다르는가 싶은 순간 그것은 무형의 막에 튕겨 허공으로 날아올랐다.

진령검의 신위가 재차 드러나는 순간이었다.

"저자… 창룡후를 또 터뜨릴 수 있을까?"

청운단주가 진령검에 시선을 고정한 채 말했다.

만약 계속해서 창룡후를 터뜨릴 수 있다면 열 번 후엔 구할 이상이 쓰러진다는 말이다. 물론 이제부터는 그렇게 무방비 상태로 당하지는 않겠지만 타격을 받은 부하들은 제대로 싸울 수가 없을 것이다.

"그건 사람이 아닌 신이나 가능할 것이오. 더구나 유검가 안에 있는 사람은 멀쩡하고 우리만 피해를 입히는 그런 창룡후를 거듭해서 터뜨리는 것은 더더욱……."

철마단주가 답했다.

"곧 알게 되겠지."

청운단주가 손짓을 했다. 그러자 횃불을 들고 있던 부하 하나가 어지럽게 그것을 흔들었다. 그런 횃불의 흔들림이 사방으로 퍼져 나가자 함성이 일며 녹림과 흑도의 무리가 유검가 담장을 향해 뛰어들었다.

철마단주의 예상대로 가공할 위력의 창룡후는 다시 터져 나오지 않았다. 대신 지붕꼭대기에 오연하게 서 있던 진령검이 훌쩍 허공으로 솟구쳤다. 마치 깃털이 미풍을 타고 날아오르는 듯한 경공술이었다.

쉬이익—

허공에 떠오른 진령검의 신형이 어느새 내당의 담장을 박

차고 재차 도약했다. 그리고 다시 외당 담장을 박찬 진령검은
녹림과 흑도의 무리들 가운데로 떨어져 내렸다.

　콰아앙―

　진령검의 보검에서 벼락이 떨어졌다. 그리고 그 벼락에 휩
쓸린 무리 수십 명이 피를 뿌리며 튕겨 나갔다.

　진령검의 보검이 다시 불을 뿜었다. 처음의 벼락에서 죽지
않고 살아남은 사내를 향해서였다.

　그는 들고 있던 대감도에 온 내력을 다 퍼부어 겨우 진령검
의 검기를 잘라 냈지만 옷은 넝마처럼 너절해져 있었다. 청운
단주와 열 명의 단주 중 한 명인 황룡단주였다.

　'어떻게?'

　그 먼 거리에서 정확히 자신을 파악하고 검기를 날리는 진
령검을 보며 황룡단주는 두 눈을 부릅뜨고 미친 듯이 대감도
를 휘둘렀다.

　땡―

　대감도가 무처럼 잘리며 검기 한 가닥이 심장을 가르고 지
나갔다.

　'어떻게?'

　풀리지 않는 의문을 뇌리에 담은 채 황룡단주가 바닥으로
쓰러졌다.

　'모두 끝났군.'

열 명의 홍화교도와 두령급 녹림도들 몸에 흑천향을 뿌린 유한성이 차가운 안광을 빛냈다.

몸속에 불이 타오르듯 이글거리는 기운은 개방을 치러 가다가 정주 성시로 방향을 바꾼 놈과 똑같았다.

홍화교도들이었다.

놈들은 필시 천뇌자의 명령을 받고 유검가를 말살하려 달려온 것이리라.

사부 한조산과 사숙 진령검이 안 계셨더라면 개방으로 가던 놈들과 같은 조직 열 개면 충분히 가능했으리라. 그건 불을 보듯 뻔했다. 자신이 혼자서 아무리 거품을 물고 뛰어다녀도 중과부적이었을 것이다. 물론 가주 유세천도 절정의 무공으로 내당을 지키려 했겠지만 사숙처럼 저런 창룡후는 터뜨릴 수 없다. 그건 사부 한조산이나 자신 역시 마찬가지다.

창룡후 하나만으로도 놈들의 전의는 반 이상 꺾였을 것이다. 달려가면서도 여차하면 귀를 틀어막을 준비를 하며 주춤거리는 모습에서 확연히 느껴졌다.

그렇게 담을 넘었다 하더라도 사부와 백부 유세천, 그리고 검대에 의해 지옥으로 갈 것이다.

그래서 철갑으로 무장한 관군이 아닌 강호 무림인들간의 싸움에서는 절정고수 한 사람만 더 가세해도 승부의 추가 급격히 그쪽으로 기운다.

유한성의 눈이 살기를 뿜었다.

열 명의 절정고수급 홍화교도 중 한 명의 모습이 기감에 잡혔다.

파앗—

유한성의 적룡검이 불을 뿜었다.

"헛!"

부하들 속에서 갑자기 튀어나온 가공할 검기에 사내 하나가 짤막한 경호성을 토했다. 백령단주였다.

쉬이익—

백령단주의 검에서도 새하얀 검기가 뻗어 나왔다.

콰앙—

무형의 두 기운이 부딪치며 폭음이 터졌다. 동시에 비에 젖은 땅거죽도 같이 터져 올랐다.

"단주님!"

흑의의 사내 몇 명이 대경한 표정을 하며 달려들었다. 그러나 유한성은 아랑곳 않고 백령단주를 향해 성라검기를 뿌렸다.

츄아아악—

마라검기를 뛰어넘는 별의 그물 같은 검기가 백령단주와 흑의사내 셋을 향해 한꺼번에 뻗어 나갔다.

백령단주를 비롯한 네 사내가 미친 듯이 검을 뿌려댔다. 그 사이로 유한성의 신형이 야차처럼 스며들었다.

“크윽!”

심장이 꿰뚫린 백령단주가 답답한 비명을 토했다. 그런 그의 눈에 불신감이 가득 들어찼다.

“단주님!”

백령단주의 다른 부하들이 고함을 지르며 달려왔다.

‘다른 놈들은 필요 없다.’

백령단주의 심장에서 검을 빼낸 유한성이 바람처럼 사람들 속으로 사라졌다.

“청해마검!”

유혼단주가 신음을 흘렸다.

외당의 담장으로 다가가는 순간 벽이 터져 나가며 한 명의 인영이 다가왔다.

머리가 반 이상 하얗게 변한 노인이었다. 그러나 그 기도는 숨이 턱 막힐 듯 차갑고 패도적이었다. 저 나이에 저런 기도를 가진 사람은 단연코 그 사람뿐일 것이다.

유혼단주가 불끈 내력을 끌어올렸다. 그리고 단 한 번에 터뜨릴 준비를 하였다.

“홍화교의 개잡종들이 제법이군.”

한조산의 입에서 영혼마저 얼어붙게 만들 만한 음성이 흘러나왔다. 동시에 그의 검이 섬전을 뿜었다.

“하앗!”

유혼단주도 목이 터져라 기합성을 지르며 검을 휘둘렀다.

파아아앙!

마라검기가 온 세상을 뒤덮을 듯 퍼져 나갔다. 그 검기를 찢기 위해 유혼단주의 검이 발작적으로 쳐 올라갔다.

파파파파팟—

유혼단주의 전신에서 핏줄기가 뿜어져 나왔다.

심장으로 날아드는 검기는 겨우 막아냈지만 다른 것은 잘라내지 못했다. 그 악마적인 검기가 온몸을 할퀴고 지나간 것이다.

휘이잉—

다시 한줄기 검기가 폭사되어 왔다.

필사적으로 검을 쳐 올렸지만 한줄기이던 검기가 빗줄기처럼 퍼져 나오는 것을 본 유혼단주는 눈을 질끈 감았다. 자신의 실력으로서는 도저히 어찌해 볼 수 없는 악마의 검초였다.

털썩!

심장이 길게 갈라진 유혼단주가 통나무처럼 쓰러졌다.

뒤늦게 달려온 부하들이 한조산을 향해 한꺼번에 검을 겨누었다.

"후후!"

한조산의 입에서 차가운 미소가 흘러나왔다.

단주 일곱을 순식간에 잃은 무리들이 썰물처럼 뒤로 물러
났다.

숫자가 아무리 많아도 제대로 지휘를 해주고 앞에서 휘저
어줄 사람이 없는 상태에서는 오합지졸일 뿐이었다.

"대체 어떻게 된 일인가?"

동이 터오는 동쪽 하늘을 쳐다보며 청운단주가 허탈한 음
성으로 중얼거렸다.

동료 단주들이 순식간에 일곱이 죽어버렸고 이제 자신을
포함해 세 명만 남았다.

그 짧은 시간 안에 녹림도 절반이 죽어 나자빠졌다면 차라
리 이해가 가능하겠지만 단주들이 제일 먼저 죽었다. 그것도
전면에 나서기도 전인데 말이다.

"놈들이 우리만 집중적으로 노렸습니다."

철마단주와 함께 가까스로 살아남은 혈호단주가 이를 갈
며 말했다. 그러면서도 그는 이 어둠 속에서 어떻게 그렇게
정확하게 자신들만 골라 베어버릴 수 있었는지 이해가 가지
않는 표정이었다.

제일 앞에 서서 막강한 무공을 펼친다면 그 기도만으로도
알아보고 공격한다고 하겠지만 짙은 어둠 속에서 대부분의
단주들은 뒤로 물러나 있었다. 그런데도 그들이 제일 먼저 베
어져 버렸다.

귀신이 곡할 노릇임과 동시에 정말 귀신의 장난이 아닌가

하는 공포감이 몰려왔다. 이제 다음 차례는 자신들이다. 일곱을 정확히 찾아내어 죽인 놈들이 남은 세 명이라고 못 찾아낼까?

솜털이 모조리 일어섰다.

"사상자는?"

청운단주가 물었다.

"이천 정도가 죽고 천명은 전투 불능의 상처를 입었습니다."

흑의사내 하나가 답했다.

청운단주의 눈이 치켜졌다.

한 번의 격돌로 전력이 삼분지 일이나 줄었다. 아니, 그것은 숫자상으로만 그런 것이다. 절정의 무공을 지닌 단주들이 일곱이나 죽었으니 칠 할 이상의 손실을 입었다고 해도 마찬가지다.

"놈들은?"

이번에는 철마단주가 물었다.

"백 명 정도의 사상자가 났습니다."

"쳐 죽일! 겨우 백 명에 삼천이 당하다니 이게 어떻게 말이 되는 소린가?"

철마단주가 천둥처럼 고함을 질렀다.

"말이 될 수도 있소. 양떼 사이로 대호 한 마리가 휘젓고 지나가면 그 이후에는 싸움이 아니라 확인 사살에 불과하니까.”

혈호단주가 자괴감에 사로잡힌 음성으로 대꾸했다.

“또한 유검가의 가주 역시 소문과는 달리 절정을 오래전에 뛰어넘은 고수였소. 우린 제대로 파악도 안 된 정보를 받고 사지로 뛰어든 것이오.”

이번에는 녹림의 두령 송모덕(宋募德)이 이를 갈며 말했다. 그는 녹림대종사 아래 열여덟 소두령 중 여섯 번째였다. 어깨에 깊은 자상을 입은 그는 이미 전투불능의 상태였다.

“닥치시오! 일만으로 일천을 치는데 무슨 정보가 필요하단 말이오.”

철마단주가 고함을 질렀다.

“그럼 왜 당신들은 세 명밖에 살아남지 못했소. 이제 우린 돌아가겠소. 더 이상은 개죽음일 뿐이오.”

송모덕이 다시 이를 간 후 등을 돌렸다.

파앗—

청운단주가 송모덕의 목을 쳤다. 목을 잃은 송모덕의 몸이 고목처럼 뒤로 무너졌다.

“송 두령께서 돌아가셨다!”

송모덕의 시신을 본 녹림도들이 고함을 쳤다. 그리고 그 고함 소리는 갈대숲을 휘도는 바람처럼 번져 나갔다. 그 와중에 누군가 개봉을 떠나 산동으로 향하던 항마백룡대가 이곳으로 치달려오고 있다며 고함을 질렀다. 무리들 속에 몸을 숨기고 있던 사진룡이었다.

"항마백룡대? 그놈들은 벌써 한참 전에 산동으로 갔을 것이다."

청운단주가 고함을 질렀다. 그러나 항마백룡대가 달려온다는 말은 청운단주의 목소리를 깡그리 지우며 빠르게 퍼져 나갔다.

"더 이상은 개죽음이다. 돌아간다!"

잠시 후 누군가 고함을 질렀다.

"이건 우리 싸움이 아니다. 돌아간다!"

사방에서 고함 소리들이 울렸다. 그리고 잠시 후 등을 돌린 녹림도들이 줄달음을 치기 시작했다. 뒤이어 흑도 방파의 무리들도 바람처럼 녹림도들을 따랐다.

"근본도 모르는 천하기 짝이 없는 도적놈들……."

청운단주가 주먹을 부르르 떨며 뱉어냈다.

"그러는 네놈들의 근본은 무엇이냐?"

청해마검 한조산이 동녘의 여명을 등지며 천천히 다가왔다. 그 옆으로 진령검과 유한성이 따랐다. 그 뒤로 정호회 타격대와 유검가의 검대원들이 살기등등한 모습으로 포위망을 좁히고 있었다.

청운단주가 눈에 불을 켰다.

이제 남은 사람은 홍화교도이자 자신의 부하들 팔십여 명밖에 없었다. 그중에서도 중상자가 열 명도 더 되니 도리어

압도적인 숫자에 포위된 것이다.

"모조리 갈아 마시겠다!"

청해마검이 천천히 검을 들어 올렸다.

계략
第百二十章

장마가 시작되며 벌어진 일만 대 일천의 정주성 유검가의 전투는 온 세상을 발칵 뒤집은 듯 소란스러웠다.

그날 유검가는 세상에서 사라질 운명이었지만 일대종사의 무예를 지닌 세 명의 고수가 도사리고 있었다. 그들 세 명의 절정고수 앞에서 일만이라는 숫자는 허수에 불과했다.

세 명의 절대고수가 휘젓고 다니는 곳에는 시체의 강이 생겼고 그 강은 일만이라는 숫자를 조각조각 내며 몇 백 명씩 고립되게 만들었다. 그 몇 백 명은 유검가의 검대와 정호회 타격대가 충분히 상대할 수 있었다.

그것은 강호무림의 전투에 있어서 절정고수의 존재가 얼

마나 큰 역할을 하는지 재삼 실감나게 한 사건이었다.

그리고 지루했던 장마가 끝나며 강호의 판도가 한 번 더 뒤집힐 할 만한 사건이 발생했다.

그것은 흑도연합으로 초기 무림맹을 공격하고 적지 않은 피해를 입혔던 구천련이 장강수로연맹과 대 접전을 벌여 양패구상의 피해를 입었다는 것이다.

그 시발은 삼황 대파산창 나홍백의 주화입마였다.

구천련은 흑도팔황 중 삼황에서 팔황이 모두 속한 거대한 조직체였다. 홍화교는 그들에게 무공비급과 함께 흑도천하의 부푼 기대감을 심어주며 그들을 자신들의 의도대로 조종했다. 그러다 이급령을 발동하여 무림맹주의 문파인 화산파를 치게 종용했다.

그들은 팔황 귀명권 손추하의 본거지인 흑룡산장에 모여 모의를 하던 중 단신으로 들이닥친 무림맹의 군사 제갈진과 마주했다. 제갈진으로부터 홍화교의 정체와 미심쩍은 행동들에 대해 들은 그들은 의구심을 가지며 잠시 사태를 관망했다.

며칠이 지나지 않아 구천련은 제갈진의 말이 맞았다는 것을 알았다.

그들은 미끼거나 바둑판의 사석에 불가했다. 이급령의 진정한 주축은 녹림십팔채와 장강수로연맹이었다.

그동안 복지부동한 채 웅크리고만 있는 줄 알았던 그들 두

세력이야말로 홍화교의 주축으로 이급령과 함께 구파일방을
총공격하였다. 그들에 비해 구천련은 성동격서를 위한 미끼
에 불과했다.

그런 신랄한 자각에 치를 떨고 있는 사이 삼황인 대파산창
나홍백이 주화입마에 빠졌다.

나홍백은 그들 중 가장 연장자이자 무공도 높아 은연중 구
천련의 수장으로 여기고 있던 사람이었다.

그런 그가 어느 순간 주화입마에 빠져 버렸다.

이유는 홍화교가 흑도천하의 미끼와 함께 전해준 비급 때
문이었다. 그 비급은 그동안 그들의 무공을 두 배 가까이 증
진시켜 주어 흑도천하의 꿈을 훨씬 더 현실성 있게 해준 것이
었다.

그런데 그것을 제일 빠른 성취로 익힌 삼황 나홍백이 십성
에 이르려는 순간 피를 토하고 쓰러졌다. 그가 쓰러지는 순간
마지막으로 내뱉은 말은 '가짜'라는 것이었다. 그 말을 끝으
로 그는 식물인간이나 마찬가지의 상태가 되어버렸다.

옆에서 그를 지켜본 부하들은 온갖 방법을 다 동원했지만
나홍백을 되돌릴 수 없었다. 그들은 구천련의 나머지 흑도 팔
황들에게 급보를 보내 더 이상 비급의 수련은 절대로 하지 말
라고 당부했다.

비급의 무공은 그 어떤 것보다 빠른 속성의 성취가 가능했
지만 역천의 기운이 스며 있어 십성에 이르면 주화입마는 필

연적이었다. 홍화교는 나중에 그들이 파멸에 이르든 말든 신경 쓰지 않고 우선 빠른 성취가 가능한 비급으로 현혹시킨 것이다.

홍화교의 뜻은 명명백백해졌다.

홍화교는 구천련을 이용만 하다가 버릴 생각이었던 것이다.

십성을 이루지 못한 삼황들에게 흑도천하는 망상에 불과했다. 특히 녹림십팔채와 장강수로연맹이 건재하고, 오히려 홍화교가 그들과 진정한 연합을 하고 있는 이상 두말할 필요도 없었다.

배신감에 치를 떨던 그들은 홍화교에 철저한 대립각을 세우며 장강수로연맹을 공격한 것이다. 그리고 양패구상의 피해를 입었다.

두 세력에게는 더할 수 없이 비극적인 결과였지만 무림맹으로서는 그만큼 다행스런 일이었다. 거의 불가능한 얘기겠지만 혹여나 녹림과 장강수로채에 더해 구천련까지 하나가 된다면 그건 정말 최악이었다.

그로서 무림맹은 한시름 놓게 되었다. 아니, 시간을 좀 더 벌게 된 것이다. 홍화교가 여전히 어둠 속에서 모습을 드러내지 않은 채 건재했고 천뇌자라는 인간이 한족 멸망의 계획을 계속 획책하고 있는 이상 백척간두에 선 것 같은 위험은 여전했다.

안도의 한숨과 함께 무림맹은 분주히 움직이고 있었다.

"바른대로 말하면 목숨은 살려주지."

무림맹의 한 지하 석실에서 남궁정한은 세 명의 사내를 향해 차가운 안광을 내뿜었다.

세 명의 사내는 모두 건장한 체격으로 한족과는 조금 다른 외모를 하고 있었다. 코 아래쪽에 듬성듬성 난 억센 수염은 차가운 바람이 콧속으로 바로 스며드는 것을 막기 위한 생김새였다. 그런 생김새는 북방의 이민족들의 특징이다.

그들은 모두 몽고인이었다. 또한 세 사내는 언젠가 백화루의 지하 밀실에서 홍화교의 사내 파루진이 포달랍궁의 라마승 타라초와 몽고의 장수 니추기하를 만날 때 니추기하와 대동했던 자들이었다.

뜻밖에도 그들 세 몽고 사내가 이곳 무림맹의 밀실에서 철제 의자에 앉은 채 여러 겹의 밧줄로 온몸이 꽁꽁 묶여 있었다.

"우리는 아무것도 모르오. 그냥 시키는 대로 몇 가지 일만 해주면 돈을 주겠다고 해서 중원을 오가며 장사를 하는 차에 그들이 시킨 심부름을 해주었을 뿐이오."

몽고 사내 하나가 어눌한 한어로 답했다.

"정말 그럴까?"

남궁정한이 입술을 비틀며 차갑게 웃었다. 그리고는 용모파기 세 장을 가져와 세 몽고 사내 앞에 펼쳐 보였다. 용모파기는 세 몽고 사내의 얼굴 그대로였다.

항마백룡대는 백화루를 쓸어버린 후 전향한 일화들을 통해 몇 가지 고급 정보를 얻었고 이들에 대한 용모파기를 확보했다. 물론 니추기하와 포달랍궁의 라마승 타라초에 대한 용모파기도 확보했다. 그 후 그 정보들은 무림맹으로 전해졌고 이들 세 사내는 중원으로 들어오자마자 무림맹의 비각 무사들에게 붙잡히게 된 것이다.

장사치로 변장했지만 무공이 만만치 않아 여러 명의 사상자를 낸 끝에 결국 무림맹 총단으로 잡아와 지금 남궁정한 앞에 묶여 있었다.

"네놈들이 그동안 백화루에서 암약하던 기생오라비 같은 놈과 정기적으로 만났다는 정보가 있다. 물론 네놈들은 어떤 한 놈을 보필하는 놈들일 뿐이라는 것도 알고 있다. 네놈들 주인이 어디 있는지 알려주면 목숨은 살려주겠다."

남궁정한이 다시 용모파기를 흔들었다.

"우리 동네에 가면 반은 그렇게 생겼소."

사른 몽고 사내 하나가 차갑게 웃으며 대답했다. 아까 말한 사내보다 더 어눌한 말투였지만 의사소통에는 문제가 없을 정도였다.

"그런가?"

남궁정한이 피식 웃었다. 그리고는 등을 돌려 구석 쪽 탁자 위에 있던 상자 하나를 가져왔다. 상자에는 후각을 자극하는 기이한 냄새가 풍겼다. 혹시 그것이 이지를 상실하게 하여 묻는 말에 모두 답하게 만드는 약품이 아닌가 생각한 세 사내는 긴장된 표정으로 서로를 쳐다보았다.

"이걸 보고도 잡아뗄 수 있을까?"

남궁정한이 상자 뚜껑을 열고 그 안에 든 것을 와락 들어 올렸다.

"엇!"

"어헛!"

몽고 사내들이 깜짝 놀라며 상체를 뒤로 빼려했다. 그러나 견고한 철제 의자는 꼼짝도 하지 않았다.

"어떤가? 이젠 사실대로 말할 마음이 생겼나?"

남궁정한은 여전히 상자 안의 물건을 손에 든 채 세 사내를 칼날처럼 날카롭게 쏘아보았다.

지금 남궁정한이 들고 있는 것은 놀랍게도 사람의 수급이었다. 더더욱 놀라운 사실은 그 수급은 유한성에게 팔다리가 잘리고 목숨만 붙어 있다가 남궁성진에게 목이 잘린 홍화교의 사내 파루진의 것이었다. 그때 남궁성진은 파루진의 수급을 잘라 백화루로 돌아오자마자 그것을 상자에 넣고 쫓기듯이 말을 타고 떠났는데 그의 부친이 지금 이렇게 들고 있었다.

약품처리가 된 그의 수급은 살아 있을 때와 거의 똑같았다. 눈 또한 감겨 있지 않고 뜨게 만들어 괴기스럽기 그지없었다.

그런 모습이었기에 거친 외모의 몽고 사내들도 그것을 보는 순간 외마디 비명을 지른 것이다.

"다시 보니 반가운가?"

남궁정한이 차갑게 웃었다.

"사람의… 수급을 보아… 놀랐을 뿐이오."

사내 하나가 더듬거리며 말했다.

"어제는 놀라지 않았지."

남궁정한이 입꼬리를 비틀었다. 어제도 이런 일이 있은 모양이었다.

"그땐 뭐가 뭔지 몰라 놀랄 틈도 없었소."

사내가 여전히 고개를 저었다. 절대로 호락호락 넘어가지 않겠다는 표정이 역력했다.

"들여보내!"

파루진의 수급을 상자에 넣어 옆으로 치운 남궁정한이 밖을 향해 소리쳤다.

문이 열리며 세 명의 여인이 들어왔다.

모용표, 단목철문과 함께 정주유검가에서 무림맹 총단으로 온 삼화였다.

그녀들을 본 몽고 사내들이 놀란 표정을 지었다.

"이자들이 맞소?"

남궁정한이 일화들을 향해 물었다. 모용표의 맹세대로 최대한 예의를 갖춘 말투였다.

“맞아요. 이 사람의 이름은 차루파, 그리고 이 사람은 타리목, 이 사람은 구차마이에요.”

일화가 세 사내의 이름까지 정확히 알려주었다.

더 이상 몽고 사내들이 아무런 말도 못한 채 시선을 떨어뜨렸다.

“협조해 주어서 고맙소. 나가보시오.”

남궁정한은 일화들을 내보냈다. 그리고는 몽고 사내들에게 다가갔다.

“니추기하는 어디 있나?”

남궁정한이 물었다.

“다 드러난 처지에 그 정도는 말해줘도 될 것 같은데? 그래야 적장으로서의 대접이 가능하지.”

남궁정한이 조금은 부드러운 음성으로 말했다.

“본국에 있소.”

사내 하나가 마침내 답했다.

“언제 철갑기마대를 몰고 올 것인가?”

남궁정한이 다시 물었다.

“우린 모르오. 또 그건 홍화교의 지시가 있어야 하니 장군님도 모를 것이오.”

이번에는 다른 사내가 답했다.

“지시라……. 언제부터 용맹무쌍한 몽고의 전사들이 다른 종족의 지시를 받았나? 성길사한(成吉思汗), 아니, 당신네 말대로 징기스칸이 땅속에서 통곡하겠군.”

남궁정한이 사내들 앞으로 고개를 들이밀며 빈정거렸다.

자신들에게는 신이나 마찬가지인 징기스칸을 모욕하는 말에 세 몽고 사내가 이를 뿌드득 갈며 몸을 부르르 떨었다.

“정말 대단한 놈이야. 세 치 혀로 몽고 전사들까지 현혹시키다니. 징기스칸도 살아 있었으면 현혹됐으려나?”

남궁정한이 파룬진의 수급을 쳐다보며 감탄사를 토했다.

“개놈이!”

“찢어 죽일 놈!”

사내들이 마침내 욕설을 토했다. 그런 그들의 얼굴이 삶은 문어처럼 붉어졌다.

“그래. 그래야 몽고의 전사답지.”

고개를 끄덕인 남궁정한이 파루진의 수급을 다시 상자에 넣었다.

“언제까지 그렇게 충실하게 이족의 지시를 받을 셈인가?”

잠시 뜸을 들였던 남궁정한이 다시 몽고 사내들의 염장을 질렀다.

“니추기하, 그자가 문제군. 그자는 용사가 아니라 협잡꾼이야. 그자로 인해 몽고의 피가 더럽혀진다는 생각은 해보지 않았나?”

남궁정한의 말에 세 사내의 얼굴이 일그러졌다. 징기스칸에 이어 몽고의 피까지 모욕을 받으니 참기 힘든 모양이었다.

“그런데 이젠 지시를 내릴 사람이 없으니 어떻게 하나? 독자적으로 움직일 텐가?”

남궁정한이 다시 고개를 들이밀며 물었다.

세 사내는 대답하지 않았다. 모욕감에 더 이상 말을 섞고 싶지도 않았고 이후엔 어떻게 할지 자신들로서는 알지도 못했다. 하지만 무언가 한참 잘못되었다는 생각은 가슴에 가득 찼다.

“당신들이 오염된 용사의 영혼을 정화시킬 생각은 없는가?”

사내들이 충분히 자괴감에 시달리게 한 후 남궁정한이 다시 물었다.

사내들이 눈알을 굴렸다.

“내 아들의 첫 번째 제삿날 제사상에 올리려고 했는데… 가는 길에 선물로 포장해 주겠다. 그 상자를 가져가서 니추기하에게 전해라. 중원으로 한 발이라도 들었다가는 모두 이 꼴이 될 것이라고. 또한 이런 자에 현혹되어 더 이상 용사의 영혼과 피를 오염시키지 말길 바란다. 물론 우리로서는 당신들의 영혼과 피가 오염될수록 더 바람직하지만……”

남궁정한은 상자를 무림맹 청년에게 건네주었다.

“풀어 주고 통행증과 이 상자를 다시 포장해 선물로 주어서 왔던 곳으로 돌려보내라.”

남궁정한이 상자를 든 청년에게 지시를 내린 후 실내를 벗어났다.

"계획대로 하셨습니까?"

몽고 사내들을 만나고 온 총관 남궁정한을 향해 제갈진이 가라앉은 음성으로 물었다.

"그렇소."

남궁정한이 무겁게 고개를 끄덕였다.

아들 남궁성민의 제사상에 올리려던 수급을 내어 준 사실이 마음을 착잡하게 한 것이다.

"잘하셨습니다. 그동안 철석같이 믿었던 놈의 수급을 받은 몽고 놈들은 극심한 혼란을 겪을 것입니다."

제갈진이 크게 고개를 끄덕이며 남궁정한의 착잡한 심사를 달래주었다.

"얼마나 효과가 있을지 모르겠소. 놈이 죽어도 홍화교의 계획은 변함없이 수행되고 있지 않소."

남궁정한이 회의적인 반응을 보였다.

"우리가 원하는 것은 놈들이 완전히 마음을 돌리는 것이 아니라 시간을 버는 것입니다. 총관님의 말대로 이제껏 백화루에서 암약하던 놈이 죽었다고 해도 다른 경로를 통해 일을 계속 추진해 나가겠지요. 하지만 워낙 먼 곳이니 한 번만 헛걸음을 해도 몇 달은 벌 수 있습니다. 그 안에 황궁에 스며든 놈들과 어디엔가 웅크린 홍화교 놈들을 모두 베어버리면 몽고나 포달랍궁 놈들은 계획을 포기할 수밖에 없을 것입니다."

제갈진이 확신 어린 음성으로 말했다.

"포달랍궁은 그렇다 치더라도 몽고는 다르지 않소?"

철갑기병 일만과 중무장한 정병 십만이면 홍화교가 멸망한 후라도 단독으로도 중원을 침공할 수가 있다. 어쩌면 그들이 홍화교의 제제를 받지 않고 독자적으로 움직이는 것이 더 위험하다.

"뱀의 머리가 베어지면 달라질 수도 있겠지요."

남궁정한이 의미심장한 표정을 지었다.

"내가 모르는 다른 계획이 있소?"

남궁정한이 물었다.

"니추기하가 포장된 상자를 열면 중독될 것입니다."

제갈진이 미소를 지었다.

"상자에 독을 넣었단 말이오?"

남궁정한이 목소리를 높였다. 그건 자신도 몰랐던 것이었다.

"지금쯤 당문의 사람들이 작업을 하고 있을 것입니다."

제갈진이 고개를 끄덕였다.

"하지만 가져가던 놈들이 중도에서 열어본다면?"

"물론 놈들도 중독되겠지요. 그러나 당장 발작하지 않으니 니추기하에게 가져가는 것은 차질이 없을 것입니다. 니추기하 역시 상자를 열어본 몇 달 후엔 발작하겠지요. 그전에 홍화교가 멸망하면 독자노선을 취할 생각을 품을 수도 있겠지만 생각은 간절해도 육체가 썩어 문드러져 가면 아무것도 못하지요."

제갈진이 차갑게 웃으며 말을 이었다.

"니추기하가 죽고 나면 몇 년 동안은 패권 다툼에 정신이 없을 것입니다. 그때쯤이면 철갑에도 녹이 많이 슬겠지요. 미리 알려드리지 못한 점 사과드립니다."

제갈진이 고개를 숙였다.

남궁정한이 멍한 표정으로 한동안 제갈진을 쳐다보기만 했다. 제갈진의 철저함에 질린 것이다.

잠시 후 남궁정한이 고개를 끄덕였다.

"계획대로 된다면 더 바랄 것이 없겠구료."

남궁정한은 더 이상 토를 달지 않았다. 단신으로 구천련의 회동 장소에 쳐들어가 그들의 움직임을 봉쇄하고 물길을 정반대로 돌려놓았다. 그것만으로도 제갈진의 판단과 역량은 충분히 인정할 수 있었다.

"황궁에서의 일은 어떻게 되어가고 있소?"

남궁정한이 관심을 딴 데로 돌렸다.

홍화교의 퇴치와 함께 황권을 바로 세워야 모든 것이 제자리로 돌아온다. 지금의 혼란은 황궁으로부터 시작되었다. 물론 그렇게 만든 것은 홍화교 놈들이다. 몽고와 포달랍궁을 떨쳐낸다 하더라도 놈들이 남은 녹림과 흑도를 끌어모으고 황궁을 제대로 조종하면 한족 말살은 아니더라도 무림은 충분히 멸망시킬 수도 있다.

"그곳은 만만치가 않은 모양입니다."

제갈진이 긴장된 표정을 했다.

"왜 그러시오. 이미 단심맹의 반 이상은 처치하지 않았소?"

"그러긴 했지만 늙은 쥐를 쳐내지 않는 이상 고름을 짜내지 않고 환부에 약만 바른 격이나 마찬가지입니다. 늙은 쥐에게 접근하는 것은 도저히 안 되는 모양입니다."

제갈진의 목소리에 불안감이 가득했다.

"아들의 능력을 믿어봅시다. 이제껏 잘 해오지 않았소."

남궁정한이 제갈진을 안심시켰다.

그때 청년 하나와 함께 일화 일행이 들어왔다. 그녀들이 할 말이 있다는 것이다.

"말해보시오."

남궁정한도 부드러운 음성으로 말했다.

"이것저것 떠올리다가 잊고 있었던 생각 하나가 같이 떠올랐는데 중요할 수도 있어서……."

삼화가 조심스런 표정으로 남궁정한을 쳐다보았다.

"그렇소? 어쩌면 그런 것들이 더 중요할 수 있으니 조금도 부담 갖지 마시고 그때마다 말해주시오."

제갈진이 반색을 하며 그녀들을 쳐다보았다.

정보를 캐내고 다루는 데 있어서는 갑자기 번쩍 떠오르는 생각들이 실마리가 될 때가 많았다. 누구보다 그것을 잘 아는 제갈진이었기에 맥박이 빨라졌다.

"천뇌자의 움직임에 대해 한 가지 추론이 가능해요."

삼화가 말했다. 일화와 이화가 삼화를 쳐다보았다. 자신들로서는 모르는 것을 그녀가 알고 있다는 것이 의외였던 것이다.

"아시다시피 이화 언니보다 먼저 이화였던 두진향이 지금 황궁에 있어요. 그곳에서 요공공을 조종하고 있어요."

"아!"

삼화의 말에 무언가 떠올랐는지 일화와 이화가 신음성을 토했다.

"맞아요. 두진향은 그곳에서 요공공에게 환희보양술이란 안마술로 생기를 불어넣어 주었어요. 그녀는 지금껏 그렇게 수명 연장을 보장하며 요공공을 조종하고 있어요."

이화가 빠르게 말했다.

제갈진은 묵묵히 고개를 끄덕였다. 그건 이미 알고 있는 사실이었다. 그리고 황궁에서 암약하고 있는 아들 제갈신우에게도 알려주었다.

"그리고 머지않아 그의 사부로 위장한 천중화란 사람이 새외에서 대성을 이루었다며 요공공을 만나러 갈 거예요. 아마도 그는 천뇌자일 것 같아요. 아뇨, 틀림없어요. 그밖에 없어요. 천뇌자는 그곳에서 황궁과 무림의 충돌을 거침없이 획책할 거예요. 그렇게 되면 사태는 걷잡을 수 없게 되어요."

일화의 목소리가 빨라졌다. 삼화의 지적과 함께 불현듯 천뇌자의 움직임이 짐작된 것이다.

"황궁과 무림의 충돌?"

제갈진과 남궁정한의 눈이 두 배는 더 커졌다.

이제껏 그런 일은 한 번도 일어나지 않았다. 황족 중 무공이 뛰어난 고수가 있어 강호에 자신의 힘을 암암리에 비축하여 반역을 꾀하거나 황실을 어지럽힌 적은 있었지만 그것은 어디까지나 개인적인 관점에서였다. 그러나 세상을 이렇게 왕창 뒤흔든 천뇌자가 황궁에서 일을 꾸민다면 강호의 운명이 풍전등화에 이를 수도 있다. 그는 충분히 그럴 만한 사람이다.

"몽고의 철갑기마대와 포달랍궁의 라마승들도 모자라 황궁과 무림의 충돌까지……."

남궁정한은 천뇌자의 독한 심계에 소름이 돋는 기분이었다. 그자는 정말로 중원무림은 물론 한족의 씨를 말리려 하고 있었다. 그가 황궁으로 들어가면 황궁에서 암약하고 있는 제갈신우도 위험할 것이다. 제갈무후의 후손으로 아무리 두뇌가 뛰어나다 하더라도 천뇌자에 비할 바는 아니었다.

"그 무엇보다 그자를 제거해야 해요. 그자가 사라지면 홍화교는 반 이상 무너진 것이나 다름없어요. 되도록 빠른 시간 안에 홍화교가 무너져야 몽고의 오랑캐들과 포달랍궁의 라마승들도 중원을 침공할 생각을 접을 거예요. 그렇지 않으면 중원은 피로 뒤덮일 거예요."

일화가 마른침을 삼켰다.

"그럼 천뇌자란 그자는 언제 황궁으로 들어갈지 알 수 있겠소?"

"이급령이 내린 후에 떠난 것으로 알고 있어요. 그러니 지금쯤 황궁으로 향하고 있을지도 몰라요."

삼화가 긴장된 표정으로 말했다.

만약 그가 황궁으로 들어가서 두진향 대신 요공공을 조종한다면 지금과는 비교도 안 되는 혼란이 일 것은 명약관화했다.

"큰일이오."

남궁정한의 목소리가 높아졌다. 세상을 이렇게 어지럽힌 놈이 황궁으로 들어가서 본격적으로 휘저으면 관과 무림의 충돌은 불을 보듯 뻔하다. 그럼 두 곳은 공멸을 하든지, 아니더라도 강호는 멸망을 할 것이다.

"놈이 황궁으로 들어가서는 절대로 안 되오. 모든 수단을 동원해서라도 막아야 하오."

남궁정한이 당장에라도 황궁으로 달려갈 듯 말했다.

"쉽게 잡힐 놈이 아닙니다."

제갈진이 바위처럼 무거운 음성으로 답했다. 그런 그의 손끝이 미세하게 떨리고 있었다.

황궁에는 아들 신우와 함께 딸 단영도 같이 있다. 만약 천뇌자 그놈이 황궁으로 들어간다면 아들과 딸은 죽은 목숨이다. 아무리 아들과 딸이 뛰어난 능력을 가지고 있다 해도 천뇌자와는 상대가 안 된다. 그자는 악마의 두뇌를 타고난 놈이다. 더욱이 지독히 잔인한 성정을 지녔다. 그야말로 마녀라 할 수 있었다.

"모든 수단을 다 동원해서라도 놈이 황궁으로 들어가는 것을 막아야 하오."

남궁정한이 목소리를 높였다.

"그래 봐야 소용없을 것입니다. 놈은 무슨 수를 쓰더라도 황궁으로 잠입할 것입니다."

제갈진이 고개를 저었다.

"하면?"

남궁정한이 긴장된 표정으로 제갈진을 쳐다보았다.

"황궁 안에서 잡는 수밖에 없습니다. 지금 즉시 정주로 가겠습니다."

"정주?"

남궁정한의 눈 사이가 좁혀졌다.

"놈을 잡을 수 있는 사람은 외당당주를 색출한 그 청년밖에 없습니다."

제갈진이 단호하게 말했다.

"직접 찾아가는 것보다… 전서로 연락을 하면 되지 않겠소?"

무림맹의 군사가 또 자리를 비운다는 말에 남궁정한이 난감한 표정으로 말했다.

"그 청년은 더 이상 무림맹과는 은원이 없습니다. 또한 이런 위험한 시기에 가문을 내팽개치고 대의니 명분이니 하는 것을 따를 사람도 아니고……. 그러니 전서 한 장으로는 부족하지요."

"찾아가도 거절하면 어쩔 것이오?"

"거절한다면 자식을 사지에 둔 아버지로서 무릎을 꿇고 빌어야지요. 그것도 안 되면 목이라도 바칠 것이고……."

결연한 표정을 한 제갈진이 바람처럼 실내를 벗어났다.

第百二十一章
출현(出現)

“이 못생긴 장족 놈아. 어서 이 마을을 떠나라.”

마을에서 한참 떨어진 강가의 공터에서 몇 명의 사내아이가 다른 사내아이 하나를 둘러싼 채 윽박지르고 있었다.

혼자 가운데에 둘러싸인 아이는 한족이 아닌지 생김새가 조금 달랐다. 하지만 그건 자세히 보지 않는 한 구별이 되지 않을 정도였다. 그러나 주변을 둘러싼 아이들은 이족이라는 이유로 괴롭히고 있는 것이다.

“우리는 돈을 주고 집을 샀어. 떠날 이유가 없어.”

장족의 아이가 벌겋게 달아 오른 얼굴로 고함을 질렀다.

여러 명에게 둘러싸였지만 조금도 주눅 든 표정이 아니었다. 다른 아이들을 쳐다보는 눈에는 독기가 충만했고 꽉 움켜쥔 주먹은 당장에라도 뻗어 나올 듯 힘이 들어가 있었다.

"돈을 주고 사도 상관없어. 온 마을에 장족 돼지 냄새가 진동하니까 어서 떠나!"

제일 덩치가 큰 아이가 입술을 비틀며 목소리를 높였다.

"우리 집엔 돼지 안 키워!"

장족 아이가 맞받아 고함을 쳤다.

"돼지 냄새는 네놈 몸에서 난단 말이다. 네 어머니나 아버지 몸에서도 마찬가지고. 아이고… 돼지 냄새야."

덩치 큰 아이고 코를 감쌌다. 그러자 다른 아이들도 코를 감싸 쥐며 웃음을 터뜨렸다.

"이익!"

장족의 아이가 더 이상 참지 못하고 덩치 큰 아이의 얼굴에 주먹을 날렸다.

퍼억!

야무진 격타음이 덩치 큰 아이의 얼굴에서 터졌다.

비록 머리 하나는 작은 키와 체구였지만 제대로 힘을 실어 때린 주먹에 덩치 큰 아이는 잠시 동안 중심을 잡지 못하고 비틀거렸다. 그러나 맞고만 있을 덩치 큰 아이가 아니었다. 선제공격에 잠시 멍했지만 덩치도 더 크고 나이도 두 살이나 많았다.

"이 장족 새끼가!"

덩치 큰 아이가 장족 아이에게 멧돼지처럼 달려들었다.

장족 아이가 잽싸게 몸을 피했지만 이내 어깨가 붙잡히고 바닥을 뒹굴었다.

그 뒤부터는 불을 보듯 명확했다. 아무리 독기가 강하고 대찬 성격이라 하지만 애들인 이상 덩치가 한참이나 더 크고 나이가 많은 아이가 유리할 수밖에 없었다. 앞으로 계속 싸운다면 정신력에서 앞선 장족의 아이가 덩치 큰 아이를 압도하여 기를 꺾을 수 있겠지만 지금은 밑에 깔릴 수밖에 없었다.

"이 조그만 놈이 어디서 주먹을 먼저 뻗어. 오늘 묵사발을 만들어놓겠다."

장족 아이를 깔고 앉은 덩치 큰 아이가 사정없이 주먹을 날리기 시작했다.

퍽!

퍼억!

장족 아이가 필사적으로 손을 흔들었지만 밑에 깔린 상태에서는 힘을 제대로 쓸 수도 없었고 같은 힘을 쓰더라도 덩치 큰 아이가 훨씬 강했다.

순식간에 장족 아이의 얼굴에 코피가 낭자했다. 그러나 지켜보는 아이들은 누구 하나 말릴 생각을 하지 않고 오히려 '죽여라! 죽여버려라!' 라고 고함을 치며 난리를 떨었다.

"이놈들!"

굵직한 목소리가 들렸다.

싸움을 하던 아이와 구경을 하던 아이들이 비로소 움직임을 멈추고 고개를 돌렸다.

중년인 하나가 봇짐을 짊어지고 걸어오고 있었다.

오십대 중반 쯤 들어 보이는 나이에 청수한 외모였다. 특히 눈빛이 맑고 깊어 더없이 인자한 느낌을 주었다.

"사이좋게 놀아야지. 여럿이서 한 명을 괴롭히면 쓰겠느냐?"

중년인이 부드러운 음성으로 타이르며 덩치 큰 아이를 일으켜 세웠다.

아직도 씩씩거리고 있던 덩치 큰 아이는 중년인의 부드러운 목소리에 흥분이 가라앉았는지 못이기는 척 일어섰다.

"코피가 많이 흘렀구나. 하지만 코뼈가 깨어지거나 하지는 않았으니 걱정할 것 없다. 아이 때는 싸우면서 커야 잘 크느니라."

중년인은 면포로 장족 아이의 얼굴을 닦아주며 안심을 시켰다. 그리고는 다른 아이들을 쳐다보았다.

"왜 이렇게 싸웠느냐?"

중년인이 그중 제일 작은 아이보고 물었다. 나이가 작을수록 거짓말을 하지 못하기 때문이다.

"얘는 우리하고 다른 장족 아이예요. 그래서 돼지 냄새가 나요."

질문을 받은 아이가 목을 움츠리며 있는 그대로 답했다.

"오라! 그래서 싸웠구나. 내가 볼 때는 똑같이 생겼는데…
그럼 너희는 장족이 아니고 어떤 민족이냐?"

중년인이 여전히 부드러운 말로 물었다.

"우리는 자랑스런 한족이에요."

다른 아이 하나가 답했다.

"그렇구나. 하지만 같은 마을에 살면 같은 동네 친구가 아
니냐. 그럼 사이좋게 지내야지."

중년인이 다른 아이들의 눈을 하나하나 맞추며 말했다. 아
이들은 중년인의 눈길을 피하며 대답을 하지 못했다. 자신들
이 잘못했고 마을 어른들에게 이르기라도 하면 나중에는 어
쩔지 몰라도 당장은 회초리질을 당할 수도 있었다.

"앞으로 사이좋게 지내겠다고 약속하면 빙당호로를 주
마."

중년인이 봇짐 한쪽을 풀었다. 그러자 정말 빙당호로가 여
러 개 들어 있었다. 그것을 본 아이들의 입에 금방 군침이 돌
았다.

"약속하겠느냐?"

아이들 숫자만큼 빙당호로를 든 중년인이 물었다.

"약속하겠습니다."

일 년 내내 빙당호로라고는 구경도 하기 힘든 가난한 강촌
의 아이들이 얼른 답하고는 빙당호로 하나씩을 받아갔다. 장
족 아이와 싸운 덩치 큰 아이도 마찬가지였다. 자존심을 세우

기에는 빙당호로의 유혹이 너무 컸던 것이다.

"누가 보면 뺏어갈지도 모르니 저곳 모퉁이 뒤에 숨어서 얼른 먹어라."

중년인이 손가락으로 강이 휘어지는 모퉁이를 가리키자 아이들이 잽싸게 그곳으로 달려갔다. 그곳에서 아이들은 옹기종기 앉아 빙당호로를 빨 것이다.

"아프지는 않느냐?"

중년인이 장족 아이의 얼굴을 쓰다듬으며 물었다.

"괜찮아요."

장족의 아이가 답했다. 여전히 꺾이지 않는 투지와 독심이 느껴지는 목소리였다.

"그래. 좋은 눈과 기질을 가졌구나."

아이를 이리저리 살펴보며 중년인이 말을 이었다.

"강해지고 싶지 않으냐?"

중년인의 질문에 아이가 비로소 눈을 들어 중년인을 쳐다보았다. 그러나 대답은 하지 않았다.

"잘 보거라."

중년인이 바닥에서 아이의 주먹만 한 몽돌 하나를 들어 올렸다. 그리고는 손아귀에 힘을 주었다.

푸스스—

몽돌이 으스러지며 가루가 되어 흘러내렸다.

그것을 본 아이의 눈이 퉁방울처럼 커졌다.

강가에 굴러다니는 평범한 몽돌이었지만 반짝반짝 빛이 나는 것이 쇠처럼 여물었다. 그런데 그것이 손아귀에서 가루가 되어 흘러내리다니?

아이에게 그 장면은 놀람을 넘어선 신비였다.

"이렇게 힘이 세어지면 저놈들에게 얻어맞지도 않을 것이다."

중년인이 아이들이 사라진 모퉁이 쪽을 쳐다보며 말했다. 그의 눈에서 한줄기 광채가 쏟아졌다.

"강해지고 싶습니다."

장족 아이가 마침내 답했다.

"허허!"

중년인이 나직하게 웃었다.

"내가 시키는 것이면 어떤 것이라도 하겠다면 나처럼 강하게 만들어 주겠다."

"하겠습니다."

아이가 망설임없이 답했다. 그동안 다른 아이들에게 당한 고초가 컸기에 힘이 세져서 그들을 꺼꾸러뜨릴 수 있다면 무슨 짓이든 할 수 있을 것 같았다.

"글은 아느냐?"

아이는 고개를 흔들었다.

"어떻게 하든 글을 배워서 이 책을 만 번을 읽어라. 한 번이라도 부족하면 안 된다."

중년인이 책 한 권을 내밀었다.

"무공비급인가요?"

떨리는 손으로 책을 받은 아이가 물었다.

"심법이라는 것이다. 그것을 읽으며 구절에 따라 그 구절 밑에 그려진 그림을 떠올려라. 구절과 그림을 일치시켜야 효력을 발휘하느니라. 그럼 나처럼 될 수 있는 준비가 된 것이다. 이후에는 이 책에 있는 것들을 익혀라. 대신 다른 사람들은 절대로 모르게 해야 한다. 알면 뺏어갈 테니까 말이다."

중년인이 책 한 권을 더 내밀었다.

"꼭 글을 배워서 그렇게 하겠습니다."

아이가 고개를 숙였다.

"그럼 이제 내가 시키는 것을 해야겠지. 나처럼 강하게 되고나면 너를 괴롭히던 한족 놈들을 만 명만 베거라. 할 수 있겠느냐?"

중년인의 목소리가 이제껏 인자하던 것과 달리 차갑게 내려앉았다.

"그건……."

아이가 놀란 표정을 지었다. 아무리 독심이 강했지만 열 살도 안 된 아이였기에 만 명을 벤다는 것은 상상 밖의 일이었다.

"내 눈을 똑바로 쳐다보거라."

아이가 망설이자 중년인이 단호하게 말했다.

잠시 후 장족 아이의 눈이 흐릿하게 풀렸다. 그런 아이에게 중년인은 음울한 주문을 읊었다.

"이젠 하겠느냐?"

중년인이 물었다.

"기필코 그렇게 하겠습니다."

아이가 억양 없는 목소리로 말했다.

"그럼 잠시 후에 집으로 가보거라. 그리고 다른 아이들에 대해서 물으면 아무것도 모르겠다고 하거라."

"알겠습니다."

아이가 고개를 숙였다. 그러나 중년인의 시선은 장족 아이가 아닌, 모퉁이에서 빙당호로를 빨고 있는 아이들에게로 향했다.

"끄윽!"

"끅!"

모퉁이에서는 빙당호를 빨던 아이들이 목을 잡고 뒹굴고 있었다. 아이들은 격심한 고통에 비명도 제대로 지르지 못했다.

'자랑스런 한족이라고……?'

중년인의 눈에 광기가 어렸다.

고통에 몸부림치던 아이들은 한 줌 혈수로 녹아 강가의 모래바닥 속으로 흔적 없이 스며들고 있었다.

잠시 후 중년인은 처음 나타났을 때의 그 인자하고 청수한 중년인의 모습으로 걸음을 옮겼다.

＊　　　＊　　　＊

"사백님, 오늘은 맛있는 것 좀 먹어요. 매일 영양가 없는 음식에 그나마 뱃멀미로 몇 번이나 토해 버려 하늘이 노래요. 이러다간 쓰러질 것 같아요."

허름한 주루에서 열일곱 살쯤 되어 보이는 소녀가 노인을 향해 애원을 했다.

머리를 두 갈래로 묶은 소녀는 아직은 여인 티가 나지 않았지만 몇 년 만 더 지나 여인으로 성장을 하면 빼어난 미모를 자랑할 만한 예쁜 생김새였다.

하지만 그녀의 등에 매어져 있는 검은 소녀에 대한 인상을 단번에 바꾸어 버렸다.

그녀의 등에 아무렇게나 비스듬히 매어진 검은 조금도 어색하지 않고 너무 자연스럽게 느껴졌다. 또 검의 손잡이에는 수천, 수만 번을 휘두른 듯 손때가 잔뜩 묻어 있었고 검갑 역시 손이 닿는 부분은 닳고 닳아 고색창연한 빛을 뿌리고 있었다. 그 검을 본 순간 앳된 소녀는 사라지고 강한 무인이 그 자리를 대신했다.

"허허! 그러자꾸나. 오늘은 만두에 오리 고기도 좀 먹어보자꾸나. 내 사질이 쓰러지면 안 되지. 허허허!"

노인이 너털웃음을 터뜨렸다. 나이로 보아서는 사손 관계라 해야 할 것 같았지만 노인과 소녀는 사백과 사질의 관계인 것 같았다.

노인에 대한 느낌은 소녀에 대한 것보다는 백 배는 더 강렬했다. 머리에는 온통 흰 서리가 내려앉아 있었지만 허리에 걸린 한 자루 검은 고색창연을 넘어서 신비를 느끼게 해주었다. 그리고 그 검은 노인의 일부처럼 여겨져 노인에게서 검을 떼어내면 노인의 형상이 와르르 무너져 버릴 것 같았다.

그들은 사문을 떠나 한조산과 진령검을 만나러 가는 한조산의 대사형 현유검과 진령검의 제자 진진이었다. 계속 배를 타고 정주로 향하던 중 목적지가 이곳까지인 배에서 내려 점심을 먹고 저녁에는 다시 다른 배를 타고 정주로 향할 예정이었다.

"우와! 오리 고기. 그 이름만 들어도 가슴 떨리는 소리."

진진이 환호성을 질렀다. 그 목소리에 객점에 있던 다른 손님들이 모두 빙그레 미소를 지으며 진진을 쳐다보았다. 그때는 영락없는 십대 중반의 소녀였다.

"점소이! 어서 주문 받아요. 배고파 죽겠어요."

진진이 고함을 지르며 점소이에게 주문을 했다. 그리고 음식이 나오자마자 며칠 굶은 사람처럼 먹기 시작했다.

"체하겠다. 천천히 먹거라."

현유검이 인자한 미소와 함께 타일렀지만 진진의 음식 먹는 속도는 줄어들지 않았다.

"휴— 이젠 좀 살 것 같아요. 육지로 다니면 매일 이렇게 먹을 수 있을 텐데 배만 타고 다니니 죽을 지경이에요."

이젠 허기가 좀 가셨는지 진진히 한숨을 쉬며 말했다.

"육지로 가면 몇 배로 늦어지니 할 수가 없지 않느냐. 배로 가면 자는 동안에도 이동이 가능하고 돌아갈 필요도 없고."

"그건 그래요. 산 넘고 물 건널 필요가 없으니 훨씬 빠르죠. 밤낮으로 갈 수도 있고."

진진이 고개를 끄덕였다.

"그런데 이제 얼마나 남았나요?"

진진이 기대감 가득한 표정과 함께 말했다.

"글쎄다. 여기서는 쾌선이 있다니까 쾌선을 타면 닷새면 도착할 것 같구나."

현유검이 인자한 표정으로 답했다.

"하루라도 빨리 도착했으면 좋겠어요. 사부님도 보고 싶지만 성라검 사백님, 그리고 유 사형도 너무 보고 싶어요."

진진이 안달이 나는 표정을 지었다.

"유 사형은 사문에 있는 사형들과 좀 달랐으면 좋겠어요."

진진의 얼굴에 이번에는 기대감이 가득 피어올랐다.

"어떻게 말이냐?"

현유검이 궁금한 표정으로 물었다.

"사문에 있는 사형들은 너무 답답해요. 말수도 적고 무뚝

뚝한데다, 한 번 수련에 빠져들면 돌부처가 따로 없고, 고집은 황소고집이고, 하나밖에 없는 사매 보기를 돌 보듯 하고, 또… 좌우간 너무 재미없어요."

진진이 고개를 흔든 후 말을 이었다.

"유 사형은 그러지 않았으면 좋겠어요. 다정다감하고, 사매와 사근사근 대화도 잘 나눠주고, 고집도 없어서 내가 하자는 대로 잘 따라주고, 하나밖에 없는 사매를 사랑해 주고, 또… 맛있는 것도 잘 사주고……."

진진의 표정이 간절해졌다.

"유 사형은 아마 그럴 거예요. 사문에 있는 사형들은 날 때부터 산속에서만 살아서 그렇지만 유 사형은 세상 속에서 살아 사문에 있는 사형들과는 다를 거예요."

진진의 눈이 반짝반짝 빛났다.

"글쎄다. 그런 성정이라면 성라검의 가르침을 못 견뎠을 터인데……."

현유검이 빙그레 웃으며 대꾸했다.

"사부는 사부고 제자는 제자죠. 제 사부님도 멋없기로 따지자면 세상에 둘째, 아니, 둘째는 대사백님이시고 셋째는 장문 사백님이시니… 넷째 가라면 서러울 분이지만 전 다르잖아요."

진진이 반론을 제기했다.

"허허!"

현유검이 너털웃음만 지었다. 문득 그도 사제 한조산의 제자가 어떤 아이인지 궁금해졌다.

그동안의 소문과 활약상을 미루어 보면 제 사부보다 오히려 더할 것 같았다. 그렇다면 사질 진진의 기대와는 정반대의 사람이란 말이다.

"허허허!"

여전히 기대감 가득한 진진을 보며 현유검은 한 번 더 너털웃음을 터뜨렸다.

"왜 자꾸 웃으시기만 하세요?"

진진의 볼이 조금 부어올랐다.

"아니다. 네 바람대로 조산 사제의 제자는 다정다감한 사람이었으면 좋겠구나. 음식도 다 먹었으니 이젠 차나 한 잔 마시고 일어서자꾸나. 정주로 가는 배편을 알아보려면 일찌감치 선착장으로 나가봐야 하지 않겠느냐."

"알겠어요, 대사백님. 점소이! 여기 차 좀 가져와요."

진진이 차를 시켰다. 그때 객점 안으로 몇 명의 인영이 들어섰다. 그리고 객점 안이 한차례 술렁거렸다.

안으로 들어선 사람들은 다섯 명의 승려였다.

차림새는 조금 이상했지만 머리를 모두 깎은 모습과 손목에 감긴 큼지막한 염주는 승려가 분명했다.

그들은 주루 안으로 들어서서 잠시 내부를 살피다가 빈자리에 가서 앉았다.

"술과 양고기 안주 좀 내오너라."

자리에 앉자마자 승려 하나가 점소이에게 주문을 했다. 이가 빠진 듯 약간은 발음이 부정확했지만 알아듣는 데는 지장이 없었다. 약간 어리둥절해하는 점소이를 보며 승려가 철전 몇 닢을 손에 쥐어주자 점소이는 구십 도로 허리를 숙이고는 주방으로 향했다.

"승려들이 술과 고기도 먹어요?"

진진이 눈을 동그랗게 뜨며 낮은 목소리로 현유검에게 물었다. 그러나 현유검은 깊은 눈으로 라마승들만 쳐다보고 있었다.

"왜 그러세요, 대사백님?"

진진이 질문을 던졌다.

"아니다. 어서 차를 마시고 일어서자꾸나."

현유검이 고개를 저었다. 그리고는 천천히 차를 마셨다.

"세상이 하도 어수선하니 중놈들도 술과 고기를 먹는구나."

걸쭉한 목소리가 들리며 장한 하나가 라마승들 옆으로 어슬렁거리며 다가섰다.

구석자리에서 대낮부터 술을 마시고 있던 자들 중 한 사람이었는데 불량기가 가득한 모습으로 보아 인근 파락호나 흑도방파의 인물들 같았다. 그들은 승려 중 한 명의 목에 시선을 떼지 못하고 있었다. 특이하게도 그 승려는 목에 색깔도

찬란한 황금 목걸이를 걸고 있었다. 그것이 구석자리에 앉아 있던 사내들의 욕심을 자극한 모양이었다.

"이게 탐나는가?"

목에 금 목걸이를 건 승려가 건들거리는 사내를 향해 은은한 미소와 함께 물었다.

"그야 뭐… 중들에게는 안 어울리는 물건이지."

승려가 오히려 핵심을 찌르고 나오자 사내가 입맛을 다시며 말했다.

"그럼 가져가게."

승려가 여전히 웃으며 목에 걸린 금 목걸이를 벗어 사내에게 건네주었다.

자진해서 목걸이를 벗어주자 역공을 당한 격이 된 사내가 약간 얼떨떨한 표정으로 승려와 자신의 손에 들린 금목걸이를 쳐다보았다.

다음 순간!

"으아악!"

금목걸이를 손에 들고 있던 사내가 오장육부에서 흘러나오는 비명을 질렀다.

승려의 목에 걸려 있을 때는 보지 못했는데 손에 들고 보니 금목걸이 이음새 부분에 작은 해골모양의 조각이 걸려 있었는데 그것은 사람의 뼈로 조각한 것이 분명했다.

"아아악!"

사내가 다시 비명을 질렀다.

놀라서 지르는 비명이 아니었다. 금목걸이에서 무언가 사이한 기운이 흘러나와 사내의 심맥을 뒤흔들고 있는 것 같았다. 그것을 반증하듯 사내의 이마에서 지렁이가 기어가듯 핏줄이 솟아올랐다.

"크아아아악!"

사내가 마침내 거품을 토하며 바닥으로 무너졌다. 그러자 구석자리에 앉아 있던 사내의 일행들이 튕기듯 뛰어나왔다.

"이 마귀 같은 중놈들!"

두 명이 쓰러진 사내를 부축하는 사이, 사내 두 명이 금목걸이를 건네준 승려를 향해 도를 휘둘렀다.

퍼억—

사내들이 도를 휘두르기도 전에 다른 승려 하나가 한 손을 가볍게 흔들었고 도를 휘두르던 사내들의 가슴에서 파육음이 터졌다.

와장창!

두 사내는 거대한 용수철에 튕기듯 창문을 뚫고 밖으로 날려갔다. 그리고 그들의 입에서 뿜어져 나온 핏줄기가 길게 꼬리를 남겼다.

실로 순식간에 벌어진 흉험한 광경이었다.

승려의 목에 걸린 금목걸이를 뺏으려한 자들이 먼저 악행을 저질렀지만 그것을 응징하는 승려들의 손속은 몇 배는 더 잔혹했다.

"으… 으……!"

동료 두 명이 너무나 쉽게 날아가자 남은 사내들이 신음을 토했다. 그들은 이미 전의를 상실한 채 공포에 질려 있었다.

"다른 것도 더 있는데 이것들도 가져가게."

목걸이를 건네주었던 승려가 금팔찌 두 개를 동료를 부축하고 있는 사내들에게 던졌다. 그것들 역시 이음새 부분에 작은 뼛조각 해골이 달려 있었다. 또한 천천히 날아갔지만 무거운 내력이 실려 있어 두 사내의 이마에 닿으면 이마가 박살이 나거나 못해도 이마 깊숙이 박힐 것 같았다.

쟁!

금속성이 울리며 금팔찌가 반대 방향으로 튀어 나갔다.

진진이 검을 휘둘러 두 사내의 목을 향해 날아가던 금팔찌 두 개를 튕겨 낸 것이다.

'으음!'

진진이 고운 아미를 찌푸렸다. 검신에 닿은 금팔찌에서 전해진 내력과 이질적인 기운이 심맥을 흔든 것이다. 그만큼 사기가 강한 물건들이었다.

"오호!"

금팔찌를 날린 라마승이 탄성을 토했다. 아직 어린 소녀가 자신의 팔찌를 쳐 낸 것이 놀랍다는 표정이었다.

주루의 다른 손님들도 커다랗게 변한 눈으로 진진을 쳐다보았다.

무공을 아는 사람이라면 그 팔찌에 실린 내력의 무거움을 느꼈다. 그것을 어린 소녀가 가볍게 쳐 냈으니 놀라울 수밖에 없었다.

"어떤 고인의 제자이신가"

금팔찌를 던진 승려가 자리에서 일어서며 검을 내리고 있는 진진을 쳐다보았다. 그의 눈에 호기심과 음욕이 동시에 어렸다.

"악독한 인간들 같으니라고."

진진이 눈살을 찌푸리며 목소리를 높였다.

"악독하다?"

승려가 고개를 약간 옆으로 기울였다. 그러자 눈동자가 한쪽으로 치켜지며 그의 모습이 저승사자처럼 스산하게 느껴졌다.

"그럼 내 목걸이를 강탈하려 한 이자는?"

승려가 아직도 거품을 내뿜고 있는 사내를 쳐다보며 말했다.

"그만 풀어주세요."

진진이 고함을 질렀다. 풀어주라는 말은 사내에게 걸린 사이한 술법을 말하는 것이다.

"악인은 애초부터 뿌리를 뽑아야 하지. 그래야 더 이상 씨를 뿌리지도 않고 다른 사람이 피해를 입지 않지."

승려가 고개를 저었다.

진진이 다시 눈살을 찌푸렸다.

"앉거라!"

진진이 검을 들어 올리려는 순간 현유검이 나직하게 타이르며 자리에서 일어섰다.

"그만 풀어주시오."

현유검도 진진과 똑같이 말했다.

"못한다면?"

승려가 눈을 반짝였다.

절대로 대수롭지 않은 내력을 지닌 노소였다. 그래서 정체를 가늠해 보고 싶은 것이다.

"자비를 베푸는 것이 당신들 신념의 근원이 아니오?"

진령검이 여전히 차분한 음성으로 대꾸했다.

"그 자비는 베풀 만한 가치가 있는 인간에 한해서지."

다른 승려가 나서며 답했다.

현유검이 더 이상 입을 열지 않고 다섯 승려를 쳐다보았다. 그리고는 슬쩍 손을 흔들었다. 현유검의 손가락 끝에서 한줄기 기운이 쏟아지며 아직도 사내가 쥐고 있는 금목걸이의 해골조각에 격중했다.

해골조각이 박살이 나자 거품을 물고 꺽꺽거리던 사내가 거친 숨을 몰아쉬었다. 비로소 사내는 술법에서 해방된 것이다.

금목걸이의 주인이자 금팔찌를 던진 승려가 현유검을 향해 일장을 뻗었다.

뻐엉!

젖은 빨래를 터는 소리가 터지며 현유검과 승려 사이의 공간이 심하게 찌그러졌다. 그리고 그 사이로 막강한 흡입력이 느껴졌다.

쉬이잉—

어느새 검을 뽑아 든 현유검이 가볍게 검을 그어 올렸다.

흡입력의 기운이 순식간에 사라지며 찌그러졌던 공간이 회복되었다.

승려의 표정이 딱딱하게 굳어졌다.

동시에 두 명의 승려가 손을 앞으로 뻗었다. 그들의 손에서도 막강한 장력이 쏟아졌다.

"고얀!"

일갈과 함께 현유검이 검을 흔들었다. 그러자 그의 검에서 서릿발 같은 기운이 승려들이 뿌린 장력을 깨끗이 자르며 세 명의 승려를 동시에 덮쳐 갔다.

"어헛!"

승려 하나가 경호성을 토했다. 그리고는 빠르게 뒤로 물러섰다.

그의 겉옷이 넝마처럼 잘려 나가며 안쪽에 있던 옷이 드러났다.

“라마승!”

누군가 고함을 질렀다.

승려들은 중원의 사람들이 아닌, 포달랍궁의 라마승들이었다. 그래서 발음과 옷차림이 이상했던 것이다.

그러나 그것이 중요한 것이 아니었다. 이번에는 나머지 라마승들도 모두 일어서서 다섯 명이 동시에 현유검을 향해 쌍장을 내뻗었다.

“하앗!”

뒤로 물러나 있던 진진도 기합성을 터뜨리며 검을 휘둘렀다. 그녀의 검에서도 서릿발 같은 기운이 뻗어 나왔다.

현유검에 비해 훨씬 가늘고 짧았지만 그건 분명 검기였다.

열예닐곱밖에 안 된 소녀의 검에서 검기라니?

놀라자빠질 일이었지만 그것에 연연할 시간이 없었다. 다섯 라마승과 두 노소가 뻗어낸 기운이 가운데서 충돌하며 거대한 폭풍이 온 주루 안을 휩쓸었다.

감히 문밖으로 달려나갈 엄두도 못낸 주루의 손님들이 잔뜩 몸을 움츠리며 구석으로 피했지만 살갗이 찢어지는 듯한 압력을 느꼈다.

정말 살갗이 찢어져 나가지 않았나 하는 착각이 드는 순간 정적이 찾아왔다.

“쿨럭!”

금팔찌를 던진 라마승이 선혈을 토했다. 그리고 다른 네 라마승도 창백한 얼굴로 현유검과 진진을 쳐다보았다.

검을 내리고 있는 현유검과 진진은 담담한 표정이었다. 진진은 이마에 땀방울이 좀 맺혀 있었지만 혈색이 변하거나 표정이 일그러진 흔적은 조금도 없었다. 그것이 라마승들을 더 놀라게 했다.

"지금이라도 가시오."

현유검이 차분한 음성으로 말했다. 목숨을 보존하고 떠나라는 말이었다.

라마승들의 눈빛이 여러 차례 변했다.

한 번의 격돌이었지만 하늘 밖의 하늘을 본 셈이었다. 또한 태어나서 이렇게 놀란 적이 없었다. 두 노소가 손속에 사정을 두지 않았다면 자신들의 심장은 벌써 두 쪽으로 갈라졌을 것이다.

라마승들은 서로 눈빛을 교환했다. 그리고는 천천히 등을 돌렸다.

지금은 생사결을 펼칠 때가 아니었다. 더 중한 일이 있었다.

"그냥 돌려보내서는 안 됩니다. 정주유검가로 가는 라마승일지도 모릅니다."

라마승들에게 죽을 뻔했던 사내들이 있던 반대쪽 구석에서 다급한 목소리가 들렸다. 그리고 장사꾼 차림의 중년인이 빠르게 걸어 나왔다.

'정주유검가?'

현유검의 눈 사이가 급히 좁혀졌다.

장사꾼 차림을 한 중년인의 정체가 무언지는 나중에 따질 일이었다. 지금은 라마승들이 정주유검가로 가는 길이라는 것이 중요했다.

그곳은 성라검과 진령검, 두 사제와 성라검의 제자인 사질이 있는 곳이었다. 그리고 자신과 사질 진진이 향하는 곳이기도 했다.

"사실이오?"

다섯 라마승를 쳐다보는 현유검의 눈빛이 차가워졌다.

라마승들이 어떤 연유로 정주유검가로 가는지는 그들의 악독한 손속을 보면 짐작이 가능했다. 세세한 정보는 몰라도 홍화교가 새외의 여러 세력까지 끌어들이며 뒤흔든다는 소문은 들었다.

이들 라마승은 그들 중 하나란 말이다.

"죽어라!"

라마승 두 명이 동시에 진진에게 쌍장을 뿌렸다.

진진을 곤경에 빠뜨려 현유검의 심기를 흩뜨린 후 그 틈을 노릴 심산이었다.

"어림없다."

진진이 세차게 검을 휘둘렀다.

콰아앙—

막강한 기운이 두 라마승을 향해 터져 나갔다.

라마승들의 얼굴이 야차처럼 변했다. 인질로 잡거나 단번에 베어 죽이려고 했는데 절대로 만만치가 않았다.

기가 막히다 못해 등줄기로 식은땀이 흘러내렸다.

이 어린 계집이 이 정도라면 저 늙은이는?

슈아악!

예상대로 공포스런 기운이 온 천지를 뒤덮어 왔다.

파파파파팡—

진진을 덮쳐 가던 두 라마승과 세 명의 라마승이 한꺼번에 현유검의 검에서 뿌려지는 기운을 막아갔다.

"크윽!"

"큭!"

진진의 검이 두 라마승의 옆구리를 베었다. 현유검을 상대하느라 그녀를 신경 쓰지 못한 탓이었다.

다시 세 줄기의 답답한 비명성이 이어졌다.

현유검의 검에 단전이 박살 난 세 라마승이 생기가 모조리 빠져나간 듯한 눈으로 현유검과 자신의 단전을 번갈아 쳐다보았다.

"어떤… 고인이시오."

다섯 라마승 중 제일 연장자로 보이는 라마승이 허탈한 음성으로 물었다.

어떻게 이런 검초가 있을까 싶은, 하늘 위의 하늘이었다.

“그냥 검의 극의를 쫓고자 하는 늙은이일 뿐이오.”

현유검이 답했다.

“허허!”

라마승이 허허로운 웃음을 토했다. 그리고는 기둥으로 몸을 기댔다. 이젠 앉아 있을 힘도 남아 있지 않았다.

“당신들은 단전을 폐하지 않겠소. 그러니 헛된 꿈을 꾸지 말고 돌아가서 불력을 높이는데 더욱 정진하시오.”

파파파팟—

현유검이 검을 휘둘렀다. 그러자 그의 검에서 온 세상을 뒤덮을 만한 검화가 피어올랐다. 그 검화는 단전을 폐하지 않은 두 라마승의 머리가죽으로 떨어졌다.

“으으윽!”

두 라마승의 대머리에 허공에 가득했던 검화가 그대로 새겨졌다.

두 라마승은 서로의 머리를 쳐다보며 경악에 두 눈을 부릅떴다. 인간이 뿌린 검초라고는 도저히 생각할 수 없는 검흔이었다. 그리고 그 검초는 상궁의 어떤 상라마들도 막을 수 없을 것 같았다.

라마승들은 더 이상 아무런 말도 하지 못한 채 멍하니 현유검의 얼굴만 쳐다보았다.

파팟!

“이젠 그만 가자.”

현유검은 진진에게 허리가 베어진 두 라마승을 지혈해 준
채 몸을 돌렸다.

"대인!"

주루를 나오자 장사꾼 차림의 중년인도 즉시 뒤따라왔다.
가벼운 몸놀림과 정광 가득한 눈빛은 절대로 장사꾼일 리 없
었다.

"누구십니까?"

진진이 먼저 물었다.

"현천검문의 대인께 인사 올립니다."

중년인이 깊이 허리를 숙였다.

"누구신지요?"

현유검이 깊은 눈으로 중년인을 쳐다보았다.

라마승들의 정체를 단박에 알아보고 또, 검초만으로 자신
들의 정체를 알아보는 것으로 보아 결코 범상한 신분은 아닐
것이란 생각이 들었다.

"소생 제갈가의 가주 제갈진이라 합니다."

제갈진이 자신을 소개했다.

"무림맹 군사?"

"신기제갈!"

현유검과 진진이 동시에 말했다.

"그렇습니다."

제갈진이 이번에도 공손하게 고개를 숙였다.

"허어—"

현유검이 탄성을 토했다. 그런 그의 눈에 여러 가지 생각이 한꺼번에 담겨 있었다.

이곳에서 제갈세가의 가주를 만난 것부터 모든 것이 쉽게 납득이 안 가는 궁금증이었다.

"제 여식이 진령검 대협과 그 사질로부터 두 번이나 구명지은을 입었습니다."

계곡으로 소풍을 나갔을 때 진령검이 제갈단영을 구해주었고, 외당당주 백리찬을 잡는 과정에서 백리찬이 제갈단영을 향해 화탄을 던졌을 때 유한성이 구해준 사실을 말함이었다. 그래서 현천검문 사람들은 단박에 알아보았다는 말이었다.

딸의 구명지은에 대신 인사를 드린다는 듯 현유검을 향해 다시 한 번 깊이 허리를 숙였다.

"그렇구료. 그런데 여긴 어쩐 일로?"

현유검이 다른 궁금증을 물었다.

"소생도 정주유검가로 가는 중입니다."

제갈진이 두 사람과 나란히 걸으며 그간의 사정을 설명하기 시작했다.

第百二十二章
혈전의 서막

"대사형! 크흐흐흑!"

근 사십 년 세월 만에 대사형 현유검을 만난 한조산은 현유검을 끌어안고 대성통곡을 했다.

그간의 통한과 감회를 어떻게 말로 표현할 수 있을까? 통곡만이 그 모든 것을 대신할 수 있을 것이다.

현유검도 뜨거운 눈물을 하염없이 흘리며 한조산의 등을 쓰다듬었다.

머리에 서리가 하얗게 내려앉은 두 사람의 눈물겨운 상봉을 보고 있는 사람들도 모두 눈시울을 붉혔다. 이젠 성라검 한조산이 어떻게 해서 사문인 현천검문을 뛰쳐나와 청해마검이 되었는지를 잘 알고 있기에 같이 통한을 느꼈다.

"이 사람! 어떻게 그렇게 무심한가?"

격정이 조금 가라앉았을 때 현유검은 한조산의 얼굴을 쳐다보며 한탄을 했다.

"죄송합니다, 대사형! 제가 너무 못나 사문과 사형제들에게 큰 죄를 지었습니다."

한조산이 다시 굵은 눈물을 쏟았다.

"어찌 그것이 자네 잘못인가. 놈들의 계략이 악랄해서이지. 그놈들의 계략이 나를 향해 덮쳤더라면 나 역시 마찬가지였을 걸세. 그것이 자네에게로 덮쳐 자네가 희생된 것뿐일세."

현유검이 한조산을 위로했다.

"그렇습니다, 삼 사형! 삼 사형이었기에 그렇게라도 견디며 제자까지 키우셨지, 저 같았으면 몇 년 버티지 못하고 폐인이 되어 어느 산골에서 쓰러져 까마귀밥이 되었을 겁니다."

진령검도 한조산의 통한을 달래주었다.

"사부님이 너무 보고 싶습니다, 사형!"

격정을 조금 추스른 한조산이 현유검을 정시하며 말했다.

"그래. 이번에는 꼭 돌아가세. 그래서 사부님을 뵙기로 하세. 사부님 세수도 이젠 구십이 훨씬 넘었네. 시간이 얼마 없네."

현유검이 안타까운 표정으로 말했다.

"구십……."

사부의 세수를 어림하던 한조산이 다시 눈물을 주르르 흘렸다.

"자네 나이도 칠십이 다 되었지 않은가?"

현유검이 처음으로 미소를 지었다.

"그렇군요, 사형. 세월이 너무 무심합니다."

"그렇지. 세월만큼 무심한 것이 없다네."

현유검이 긴 한숨을 내쉬었다.

"대사백님을 뵙습니다."

두 사람이 긴 한숨과 함께 조금 평정을 찾자 유한성이 현유검 앞으로 나서서 대례를 올렸다.

"허어―"

한 많은 사제 한조산이 키운 제자를 보고 말문이 막히는지 현유검이 연신 탄식만 내뿜었다.

대례를 올린 후 신형을 바로 세운 유한성이 가라앉은 눈으로 현유검의 시선을 받았다.

현유검의 눈빛이 몇 차례 변했다.

"어떻게 이런 아이를 얻었는가? 자네와는 쌍둥이 같구먼."

현유검이 비로소 말을 토했다.

"제가 그 시절 이렇게 목석같이 멋없는 놈이었습니까?"

한조산도 처음으로 미소를 지었다.

"허허허! 그런가? 이 정도는 아니었나?"

만년석상 같은 기운을 내뿜는 유한성을 보며 현유검이 너털웃음을 토했다.

'망했네!'

현유검 옆에서 눈을 반짝이던 진진이 장탄식을 삼켰다.

성라검 사백의 가르침을 견딘 사람이라면 그에 못지않을 것이라는 대사백의 말씀에 설마설마 했는데 설마가 사람 잡을 일이 생겼다.

말을 나누고 성격을 파악할 필요조차 없었다.

눈빛만 봐도, 입매만 봐도 어떤 사람인지 알 수 있었다.

모르긴 해도 사문에 있는 사형들 모두 다 합쳐도 모자랄 것이다.

"아이고… 내 팔자야!"

무심결에 실언이 튀어나왔다.

모두들 진진을 쳐다보았다. 어린 소녀의 입에서 나온 말 치고는 너무 무거웠기 때문이었다.

"아, 아니에요. 제가 잠시 딴생각에 잠겨 있다가……."

진진이 손사래를 치며 뒤로 물러섰다. 이런 상황에 딴생각에 잠겨 있었다는 것은 더 큰 실언 같았다.

"허허허!"

진진의 내심을 짐작한 현유검만이 너털웃음을 터뜨렸다.

"이젠 제가 인사를 좀 올려도 될까요?"

여전히 장사꾼 차림의 제갈진이 유검가의 사람들을 보며 입을 열었다.

유한성의 눈이 깊게 가라앉았다. 처음 본 순간 그를 알아보았지만 사부와 사백이 나누는 통한의 재회에 마주할 기회가 없었던 것이다. 그건 진령검도 마찬가지였다.

"뉘… 신지?"

그냥 현유검을 수행한 아랫사람 정도로 생각했던 가주 유세천인 제갈진과 현유검을 번갈아 쳐다보았다.

"이분은 제갈세가의 가주님이십니다."

진령검이 얼른 제갈진을 소개했고 제갈진이 유검가 사람들을 향해 고개를 숙였다.

"제갈진?"

"무림맹 군사?"

놀란 목소리들이 사방에서 터져 나왔다.

유검가의 가세가 현재 욱일승천의 기세로 높아지고 있지만 천하의 제갈세가에 비교할 수 있겠는가? 그런 제갈세가의 가주가 장사꾼 차림으로 마주 서 있다는 사실은 쉽게 받아들일 수가 없었다.

현유검과 유한성이 고개를 끄덕이며 재차 확인을 해주었지만 제갈세가의 가주이자 현 무림맹의 군사 제갈진이 이곳에 나타났다는 사실은 한참 동안이나 믿어지지도 않았고 실감도 가지 않았다.

"몰라 뵈었습니다. 가주 유세천이라 합니다."

잠시 후 유세천이 나서서 포권을 지었다. 그리고 유검가 가솔들의 인사가 이어졌다.

여러 사람과 인사가 끝나자 제갈진은 유한성을 쳐다보았다.

"내 아들과 딸을 한 번만 더 살려주게."

제갈진이 필요하다면 무릎이라도 꿇을 기세로 애절하게 말했다.

유검가의 모든 사람이 어안이 벙벙한 표정으로 두 사람을 쳐다만 보았다.

무림맹의 군사가 한 청년을 찾아와 자기 자식들을 살려달라고 애원하는 모습은 그가 장사꾼 차림으로 이곳에 나타난 것만큼 현실감이 들지 않았다. 유한성이 그렇게 했으면 이해가 가겠지만 이건 도무지 말이 되지 않는 상황이었다. 그래서 유세천은 유한성이 제갈세가의 자식들에게 무슨 금제라도 걸지 않았나 걱정스런 심정이 되어갔다.

"제갈신우 공자에게 무슨 일이 있습니까?"

유한성도 약간은 긴장된 표정과 함께 물었다.

"신우뿐만이 아니네. 단영까지 그곳에 가 있다네."

제갈진이 가라앉은 음성으로 말했다.

"단영 소저까지 그곳에 가 있다니… 그게 무슨 말씀입니까?"

유한성의 눈이 조금 커졌다.

제갈신우야 자신이 무림맹에 처음 들어가는 순간부터 황궁으로 갔다는 사실을 알았지만 제갈단영은 천만뜻밖이었다. 그녀는 의백 백리찬의 가면을 벗기는 일에 너무 많은 심력을 소모하고 크나큰 심적 충격을 받아 가문으로 돌아간다고 했다. 그런 그녀가 황궁에 있다니?

그건 진령검 역시 마찬가지였다. 무림맹을 나와 사형 한조산을 만나러 가는 길에 객점에서 그녀와 다시 마주쳤다. 그때도 그녀는 집으로 돌아간다고 했다.

"정말 죄송합니다만 자리를 좀 물려주시겠습니까?"

제갈진이 가주 유세천을 향해 공손하게 부탁했다.

유세천이 유세강 등 몇 명의 사람만 남기고는 자리를 물렸다.

잠시 후 제갈진은 제갈단영이 어떻게 해서 황궁으로 들어가게 되었는지, 또 그곳에서 어떤 일을 벌이고 있는지를 세세히 얘기했다.

"이런!"

진령검이 탄식을 토했다.

자신으로부터 유한성과 한조산에 얽힌 기막힌 사연을 들은 그녀가 용기를 내어 황궁으로 들어갔다는 말이다. 그 용기가 이젠 사지로 몰린 격이 되었다.

"천뇌자 그놈이 황궁으로 들어가면 그 아이들은 죽은 목숨이네."

제갈진의 목소리가 떨려나왔다.

아무리 무림맹의 군사라지만 무림맹 무인들을 이끌고 황궁으로 쳐들어갈 수도 없는 일이었다. 그런 일은 소수의 인원을 소리 없이 투입하여 자식들을 도와주고 구해오는 수밖에 없었다. 그리고 지금 그 일에 유한성보다 잘 어울리는 사람은 세상천지에 없을 것 같았다.

외당당주 백리찬을 색출하고 쳐내는 데 있어 그 치밀하면서도 과감한 움직임과, 나이로 따지면 거의가 자신의 삼촌뻘인 항마백룡대를 휘어잡고 이끌며 백화루에 웅크린 홍화교의 마귀들을 휩쓸어버리는 행동들은 어떤 노회한 고수도 따를 수 없었다.

"천뇌자?"

한조산이 제일 먼저 그의 별호를 읊조리며 이를 갈았다.

사문과 자신에게 씻을 수 없는 상처를 남기게 한 놈이 그놈이었다. 그놈의 독랄한 계략에 걸려 사분을 버리고 평생 죄인으로 떠돌았다.

"그자는 언제 황궁으로 들어갈 것 같습니까?"

유한성도 한조산 못지않은 살기를 피워 올리며 물었다.

아버지를 죽인 원수이자 어머니에게 인간 이하의 삶을 살다가 한 맺힌 생을 마감하게 한 장본인이었다. 그의 아들을 죽여 버렸지만 원한은 조금도 식지 않았다. 기필코 그의 목을

베어 부모님의 원한을 갚고 싶었다. 또한 사부님의 원한
도…….

"모르긴 해도 조만간 들어갈 것으로 짐작되네."

제갈진의 목소리가 불식간에 빨라졌다.

"제갈공자를 그만 나오게 하시는 게 어떻겠습니까?"

유한성이 제갈진에게 말했다.

천뇌자가 황궁에 들어간 이상 상대가 되지 않는다. 모든 걸
포기하고 나오는 게 현명한 일 같았다.

"나오란다고 나올 아이가 아니네. 그리고 지금에 와서 포
기한다면 정파무림은 멸망의 길을 걸을 것이네."

제갈진이 고개를 저었다.

"그럼 단영 소저라도 나오게 하십시오."

제갈단영이 제갈신우 옆에 있다면 얼마나 큰 도움이 될지
충분히 짐작이 가지만 유리병처럼 깨어지기 쉬운 심성을 가
진 그녀에게 그곳은 너무 위험했다.

"제 오라비가 나오지 않는다면 그 녀석도 절대로 안 나올
것이네. 자신이 제대로 도와주지 못해서 오라비가 잘못되었
다고 생각하면 평생 죽음보다 더한 고통 속에서 살아가리라
는 것을 잘 알기 때문이지."

이번에도 제갈진이 고개를 저었다.

"도와주게."

제갈진이 더욱 애절하게 말했다.

"군사님의 도움 이전에 그놈은 제 부모님과 사부님, 그리고 사문의 원수입니다. 기필코 목을 벨 것입니다."

유한성이 단호하게 말했다.

"고맙네. 정말 고맙네!"

제갈진이 유한성의 손을 굳게 잡았다.

그런 그의 모습에서는 만인을 호령하고 수만 강호 무인의 생사를 결정짓는 무림맹 군사의 위엄은 보이지 않았다. 사지에 놓인 자식들의 생사를 염려하며 노심초사하는 아버지의 모습만 보였다. 그건 무림맹 군사로서는 낙제점을 받을 모습일지 몰라도 제갈세가의 가주도 사람이라는 인식을 할 수 있었다.

"지금 당장 떠나도록 하겠습니다."

유한성이 이글거리는 눈빛과 함께 말했다.

이곳에는 사부님과 진령검 사숙에 더해 현유검 대사백까지 왔으니 세상에서 가장 안전한 곳이 되었다. 그러니 한시라도 빨리 황궁으로 가서 아버지의 원수를 베고 싶었다.

"황궁이란 곳이 그렇게 쉬운 곳이 아니네. 철저한 준비가 있어야 하네."

제갈진이 장사꾼 차림의 등짐 속에서 여러 개의 두루마리와 서책, 서류 등을 탁자 위에 펼쳤다.

자식들을 걱정할 때는 필부였지만 여러 가지 서류와 황궁의 지도, 작전도를 꺼내놓고 하나하나 설명을 해나가는 제갈진의 모습은 과연 무림맹의 군사로구나 하는 감탄이 절로 새어 나왔다.

가공할 기억력과 통찰력, 그리고 상황을 분석하는 능력은 타의 추종을 불허했다. 그런 회의가 밤새 이어졌다.

새벽이 되었을 때 비로소 회의가 끝이 났고 유한성은 황궁을 향해 떠날 채비를 했다.

"좀 쉬었다가 오후에 떠나면 안 되겠느냐?"

가주 유세천이 걱정을 했지만 유한성은 고개를 저었다.

"촌각을 다투는 상황이 되었습니다. 황궁에 들어간 그놈을 죽이지 못한다면 가문도 더욱 큰 위험에 빠질 것입니다."

아들 파루진이 죽으며 광분한 천뇌자는 작전의 물꼬까지 바꾸며 일만 명의 녹림도와 흑도인들을 유검가를 공격하는 데 투입했다. 그들이 몰살을 당하거나 패퇴하며 녹림은 더 이상 그의 충실한 수족 노릇을 할 수 없게 되었다. 또한 장강수로채 역시 구천련과 전투를 벌여 공멸의 상황을 맞았다.

아들의 복수를 위해서라면 무슨 짓이라도 할 수 있는 그였기에 황궁에서 권력을 휘두르게 되면 제일 먼저 유검가를 칠지도 몰랐다. 또한 그를 하루빨리 죽이고 홍화교를 쓸어버려야 몽고의 기마대와 포달랍궁의 라마승들이 중원을 넘어오지 못한다. 그러기에 촌각도 지체할 여유가 없었다.

"같이 가도록 하자꾸나!"

유한성이 사진용 남매와 신형을 일으키려는 찰나, 잠시 자리를 비웠던 한조산이 경장 차림으로 나타나 말했다.

"사부님!"

"사제!"

유한성과 현유검이 놀란 눈으로 한조산을 쳐다보았다.

"그놈은 네 부모님뿐만 아니라 나에게도 불구대천지 원수다. 네가 먼저 놈을 벤다면 나는 놈의 시신에라도 칼질을 해야겠다."

한조산은 단호한 표정으로 말했다.

"안 됩니다, 사부님! 사부님께선 제가 귀가할 때까지 제 가문을 지켜 주십시오. 사부님이 가문에 계시기에 제가 마음 편히 떠날 수가 있습니다."

유한성이 강한 어조로 한조산을 만류했다.

"네 가문은 사형과 사제만으로도 넘칠 것이다. 그리고 제갈 군사도 가만히 있지 않을 것이다. 네 녀석은 수린이와 가문이 잘못되면 무림이야 멸망을 하든 말든 만사 제쳐놓고 가문으로 뛰어올 녀석이니까."

한조산은 제갈진을 향해 은근슬쩍 압력을 넣었다.

"여부가 있겠습니까. 항마구룡대 중 하나는 이곳으로 보내겠습니다. 그건 제 개인적인 생각이 아니고 총관님과 맹주님의 생각이기도 합니다. 이번 일에 무림의 존망이 달려 있으니까요."

제갈진이 고개를 크게 끄덕였다.

“그동안의 고생만으로도 벅차네. 이젠 그만 쉬며 지내게.”

이번에는 현유검이 나서서 만류했다.

“그럴 수 없습니다. 놈의 정체를 안 이상 기필코 되돌려 주겠습니다.”

한조산은 더욱 강하게 고개를 저었다.

“허어— 사십 년이 다 되었건만 사람이 어찌 하나도 안 변했는가?”

현유검이 혀를 찼다.

“놈이 같은 하늘 아래에서 숨을 쉬고 있다는 생각을 할 때마다 사지가 떨립니다. 기필코 복수를 하겠습니다.”

한조산이 이를 갈며 대꾸했다.

“사질이 다른 곳으로 싸우러 간다고 해도 사형께선 황궁으로 가서 복수를 하겠는지요?”

진령검이 나섰다.

복수는 둘째고 제자 걱정 때문이 아니냐는 말이었다.

“무슨 소린가?”

한조산이 눈 사이를 좁혔다.

진령검은 대꾸를 하지 않고 보일 듯 말 듯한 미소를 지었다.

“사람… 싱거운 구석도 있었군. 어서 떠나도록 하자.”

한조산이 얼른 시선을 돌리며 유한성을 채근했다.

“사부님…….”

"어서!"

한조산이 앞장을 섰다.

"저도 가겠어요."

이번에는 진진이 따라나섰다.

"어허 이 녀석이!"

기가 막힌 현유검이 고함을 질렀다.

"제갈 군사님! 얼른 판단을 해주십시오. 저렇게 네 사람만 가는 게 낫겠습니까? 아니면 저까지 합쳐서 다섯이 가는 게 낫겠습니까. 진혜 언니는 은신술을 펼치며 이곳저곳으로 다녀야 하니 무공도 펼치지 못하는 단영 소저는 제가 옆에서 도우면 훨씬 안전해질 것이 아니겠습니까?"

진진이 입에 바람개비라도 단 듯 빠르게 말했다.

"불감청고소원이지요."

제갈진이 무겁게 가라앉은 음성으로 말했다.

비록 어리지만 진진이 어떤 무공을 펼치는지는 라마승들을 만난 자리에서 직접 보았다. 그런 그녀가 시녀로 분장해 딸 단영 곁에 있다면 천군만만를 얻은 것처럼 든든할 것이다. 하지만 감히 바랄 수 없는 일이었는데 그녀가 자진해서 따라간다니 절이라도 하고 싶은 심정이었다.

"성공 확률도 더 높겠지요?"

진진이 눈을 반짝이며 물었다.

"물론이지요. 절정고수가 한 사람 더 추가된다면 성공 확률은 두 배로 높아집니다."

제갈진이 고개를 끄덕였다. 그는 진진을 이미 절정고수로 평가하고 있었다.

"그럼 어서 작전을 다시 짜주세요. 어차피 성라검 사백께서 같이 가시니 다시 짜야 하잖아요."

진진이 얼른 탁자로 다가가 앉았다.

한조산과 진진의 가세로 작전 계획이 수정 보완되며 출발이 반나절 정도 늦추어졌다. 하지만 작전의 완성도와 성공확률은 두 배는 더 높아졌다.

"그럼 이제 떠나겠습니다."

점심을 먹은 후에 유한성은 하수린과 연화 대부인을 먼저 뵙고 가주 유세천에게 인사를 했다.

"부디 몸조심하거라."

유세천이 간절한 목소리로 유한성에게 당부했다. 그 당부는 작년 중순부터 지금까지 몇 번이나 거듭된 것이었다.

"사제도 조심하게. 마귀나 마찬가지인 놈들일세."

현유검도 한조산을 걱정했다.

"걱정 마세요, 대사백님. 성라검 사백은 제가 언제나 옆에서 보필하겠습니다."

진진이 마지막으로 인사를 한 후, 조손의 모습으로 변장한 다섯 사람은 유검가를 벗어났다.

　　　　＊　　　＊　　　＊

우르릉!

거대한 암벽이 지진을 만난 듯 흔들렸다. 이윽고 암벽 한쪽이 벌겋게 달아오르기 시작했다.

급기야 달아오른 암벽이 용암처럼 흘러내렸다. 그리고는 커다란 구멍이 생겼다.

휘이잉—

암벽에 생긴 구멍으로부터 한줄기 바람이 휘몰아쳤다. 벌겋게 달아오른 동굴 주변 암벽의 온도 차에 의한 자연스런 현상이었다.

한참 동안 휘몰아치던 바람이 멎었을 때 동굴로부터 한 사람이 걸어나왔다.

머리가 하얗게 센 노인이었다.

눈썹 또한 서리가 내려 나이를 짐작하기 힘들 지경이었다. 그러나 노인의 눈에는 철판이라도 구멍을 낼 만한 정기가 어려 있었다.

"만세 만세 만만세!"

"홍화광명(紅火光明) 현현재림(玄玄再臨)!"

삼면이 암벽으로 둘러싸인 계곡의 한 공터에 수많은 인영이 군집하여 고함을 질렀다.

족히 일만은 될 듯한 군중이었다. 그런 그들이 이구동성으로 고함을 지르는 모습은 기쁨에 찬 함성이라기보다는 광기 어린 포효를 느끼게 만들었다.

"모두들 수고가 많았다."

노인이 가볍게 손을 흔들었다. 동시에 협곡을 가득 채운 고함 소리는 몇 배나 더 커졌다.

"출관을 축하드립니다, 교주님!"

한참 동안 울려 퍼지던 함성이 멈추자 수십 명의 인영이 다가와 허리를 깊이 숙였다.

그들은 오십 줄에 이른 중년인부터 서른 중반의 장년인, 이십 초반의 청년들도 있었다.

"준비는 됐겠지?"

홍화교주 격사립이 대뜸 질문을 던졌다.

"그러하옵니다."

인영들이 고개를 숙였다.

휘익—

잠시 고개를 숙인 사람들을 쳐다보던 격사립이 갑자기 쌍장을 내뻗었다.

퍼엉—

격사립의 쌍장에서 삼면으로 둘러싸인 계곡을 무너뜨릴 만한 폭음이 터지며 엄청난 장력이 쏟아졌다.

예측불능의 돌발적이고 기습적인 공격이었다. 그러나 격사립 앞에 선 사람들은 이미 예상하고 있었다는 듯 신속히 도

검을 휘두르거나 같이 쌍장을 내뻗으며 격사립의 장력에 마주쳐 갔다.

"하앗!"

"하아앗!"

퍼퍼퍼퍼퍼퍼펑!

기합성과 폭음이 사방으로 퍼져 나갔다.

갑작스런 사태에 협곡의 공터를 가득 채우며 함성을 지르던 인영들이 급급히 뒤로 물러났다. 그렇게 넓어진 공간 속에서 한 명의 노인과 수십 명의 사람이 치열한 대결을 벌이는 기이한 상황이 벌어지고 있었다.

격사립을 둘러싸며 공격을 퍼붓는 인영들은 조금 전 허리를 깊이 숙이던 모습과는 정 반대로 격사립을 단칼에 베어 죽이기라도 할 듯 흉맹하게 도검을 휘둘렀고 격사립은 격사립대로 자신을 공격하는 인영들을 모조리 쓸어버리려는 듯 무지막지한 장력을 연신 터뜨렸다.

놀라운 것은 격사립의 무공이었다.

아무리 적게 보아도 구십은 넘은 듯한 격사립 하나가 수십 명의 사람과 싸우면서도 조금도 밀리지 않았다. 그러나 시간이 지남에 따라 격사립과 포위망을 형성한 채 대결을 벌이는 사람들과의 거리가 조금씩 좁혀졌다.

격사립을 둘러싼 사람들이 격사립이 터뜨리는 장력을 잘라내며 승기를 잡아가고 있다는 말이었다. 그 공간이 일 장 가까이 좁혀졌을 때 격사립이 허리에 찬 검을 뽑아 일도단악의 기세로 휘둘렀다.

슈아앙―

격사립의 검에서 생전 들어보지 못한 기이한 음향이 흘러나왔다. 그 음향과 함께 새파란 기운이 쏟아졌다.

좁혀지던 격사립과 다른 사람들과의 공간이 급격하게 늘어났다.

파츠츠츠츠―

격사립의 검에서 새파란 기운을 넘어서 태양광처럼 하얗게 변한 기운이 일 장 가까이 뻗어 나왔다.

격사립을 둘러싸고 공격을 하던 사람들이 더욱 공간을 넓히며 뒤로 물러났다.

"하앗―"

중년인 네 명이 우레와 같은 고함을 지르며 훌쩍 허공으로 떠올라 격사립을 향해 검을 그어 내렸다.

츄아아앙―

중년인들의 검에서도 시퍼런 검기가 쏟아졌다.

허공에서 네 방향을 모두 점한 채 검을 휘두르며 뛰어내리는 그들의 모습은 흡사 거대한 대붕이 덮쳐드는 것 같았다.

"좋구나!"

탄성을 터뜨린 격사립이 허리를 뒤틀며 검을 어지럽게 휘둘렀다.

콰콰콰쾅!

폭음이 연속적으로 터졌다. 동시에 흙먼지와 작은 돌멩이들이 솟구치며 사방으로 흩뿌려졌다.

손에 땀을 쥔 채 구경을 하던 군중들이 동시에 몇 걸음씩 더 뒤로 물러났다.

"마지막이다!"

폭우 같은 공격 속에서 여전히 건재한 격사립이 고함을 질렀다.

쿠콰콰콰콰콰쾅—

격사립의 검에서 거대한 폭음이 터졌다. 동시에 사방을 둘러싸고 공격을 하는 사람들의 검에서도 굉음이 쏟아졌다.

콰앙—

계곡이 무너져 내리는 듯한 굉음과 함께 치열한 대결이 막을 내렸다. 그리고는 흙먼지 속에 가려져 제대로 보이지 않던 장내의 광경이 눈에 들어왔다.

격사립은 처음과 마찬가지로 한 자루 검을 든 채 서 오연히 있었다. 그러나 격사립을 둘러싸고 공격을 펼친 사람들은 모두 가슴 부근의 옷이 갈라진 채 망연한 표정을 짓고 있었다.

이윽고 격사립을 공격했던 사람들이 동시에 무릎을 꿇었다.

"만세 만세 만만세!"

"홍화광명(紅火光明) 현현재림(玄玄再臨)!"

조금전 군중들의 입에서 흘러나온 것과 같은 고함들이 격사립을 둘러싸고 공격을 했던 사람들의 입에서 터져 나왔다. 그리고 그 고함들은 모든 군중 속으로 재차 퍼져 나갔다.

"대성을 축하드립니다, 아버님!"
화려한 장식들이 가득한 실내에서 사십 중반 정도의 사내가 격사립을 향해 깊이 허리를 숙였다. 그는 홍화교주의 아들이자 홍화교 내에서는 일공자로 불리는 격리하였다.
이공자 파루진이 워낙 뛰어난 인물이어서 항상 그의 자리를 위협했었지만 이제 그가 죽어버린 이상 그에게 다른 위협은 없었다. 그래서 그의 표정은 그 어느 때보다 평온해 보였다.
"그동안 파황검결은 얼마나 익혔느냐?"
격사립은 고개를 가볍게 두어 번 끄덕인 후 질문을 던졌다.
"구성 말엽에 이르렀습니다."
격리하가 자부심이 깃든 표정으로 답했다. 그러나 격사립의 표정은 정반대로 실망감이 물들었다.
"겨우 그 정도더냐?"
격사립이 미세하게 눈살을 찌푸리며 격리하의 기도를 훑었다.
"그 정도도 뼈를 깎는 고통 속에서 이루어진 것입니다."
격리하가 한숨을 내쉬었다.

"놈! 네 위치를 잊은 것이냐?"

격사립이 목소리를 높였다.

"더 이상은 제 자질로는 무리였습니다."

쾅!

격리하의 대답에 격사립이 탁자를 두드렸다. 손가락 하나 정도나 되는 두께의 자단목 탁자가 가루가 되어 날렸다.

자신의 피를 물려받은 아들이 자질이 부족하다는 것은 용납이 되지 않았다. 하지만 현실은 어쩔 수 없었다. 격리하는 파루진에 비해 한참 모자랐다. 그것이 오늘에 이르게 했다.

"파루진은 어떻게 되었느냐?"

격사립이 물었다.

"사제는 죽었습니다."

"죽어?"

격사립의 하얀 눈썹이 꿈틀거리며 노안이 두 배는 커졌다.

"대체 누가 그를 죽였단 말이냐?"

격사립이 여전히 격앙된 소리를 질렀다.

격리하는 그동안 파루진에게 일어난 일과 강호무림의 사건들을 상세히 보고했다.

"양날의 칼 같은 놈이었지만 아직까지는 쓸모가 더 많은 놈이었는데……. 그래서 군사가 일을 서두르고 있구나. 하지만 급히 먹는 밥이 체하기 쉬운 법이다."

격사립의 눈빛이 몇 번이나 바뀌었다.

"현천검문… 결국은 그들이군."

격사립이 장탄식을 했다.

"그 자리에 가부좌를 틀고 앉아라."

마음을 진정시킨 격사립이 엄하게 지시를 내렸다.

무언가 질문을 하려던 격리하가 격사립의 표정을 보고는 입을 다물고 가부좌를 틀었다.

턱!

격사립의 손이 격리하의 백회혈에 닿았다. 그리고는 한줄기 날카로운 기운이 백회혈을 통해 흘러들었다.

놀란 격리하가 눈을 부릅떴다. 그 순간 격사립의 목소리가 고막이 아닌 뇌리 안쪽에서 울려 퍼졌다.

[구결대로 운기하거라. 파황검결을 십성에 이르게 할 것이다. 그리고 대성 또한 그리 오래 걸리지 않을 것이다. 십성 만이라도 강호에서는 너를 막을 자가 몇 명 없을 것이다.]

[마장(魔障)을 뛰어넘었군요, 아버님?]

격리하가 놀란 음성으로 말했다. 물론 그 목소리 역시 뇌리 안에서만 울렸다.

[정이니 마니 극에 가면 다 하나이니라.]

[그럼 지난 은원마저 잊게 되는 것입니까?]

[글쎄다. 모든 것이 꿈이 아니겠느냐?]

[하지만…….]

[다 아느니라. 너는 네 길로 가거라. 나는 내 길로 갈 터

이니.]

[아버님!]

[구결에 집중하거라.]

격사립의 목소리가 천동처럼 격리하의 뇌리를 울렸다.

역공
第百二十三章

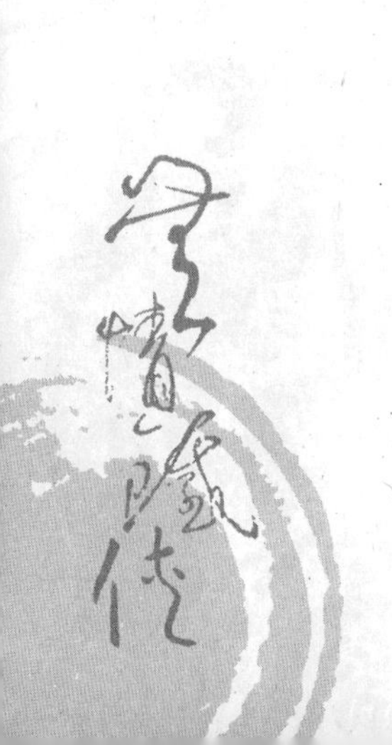

'예상보다 훨씬 빠르다!'

제갈신우는 긴장감에 온몸이 돌처럼 굳어지는 느낌을 받았다.

갑작스럽게 인사이동 지시가 내려오며 백 명의 당두 중 서른 명 이상의 당두가 금의위로 차출되고 그 자리에는 금의위의 위사들로 채워졌다.

때때로 그런 인사이동이 있었지만 아무리 많아도 열 명 안팎이었다. 그런데 이번에는 서른 명이 넘었다.

더욱더 긴장되는 것은 그들과 함께 시비들마저 모두 바뀐 것이다.

　이제껏 영문도 모른 채 포섭되어 성실하게 자신의 부탁을 들어주던 정정이 다른 곳으로 가고 다른 시비가 왔다. 또한 수앵으로 변한 동생 단영 역시 어딘지 모를 다른 곳으로 가 버렸다.

　어떻게 손을 써볼 수도 없이 하루아침에 벌어진 일이었다.

　그건 정말 심각한 일이었다.

　그동안 동생 단영으로부터 엄청난 도움을 받았다. 그리고 그것이 일차 계획 성공의 가장 큰 요인이었다. 그런데 작별 인사도 하지 못한 채 단영은 어딘가로 이동되고 다른 시비가 대치되었다.

　이건 마치 한순간에 두 눈을 빼앗긴 것과 같았다.

　두 눈을 잃어버렸으니 이제부터의 움직임은 암흑 속에서 손으로 더듬어 앞으로 나아가는 것이나 마찬가지다.

　새로운 당두들이 어떤 사람인지 모르기에 그들에 대해서 속속들이 파악하려면 많은 시간이 걸릴 것이고 바뀐 시비들 또한 첩자인지 그냥 시비인지 몰라 작은 행동 하나하나에도 신경을 곤두세워야 한다.

　그러는 사이 그동안 구축해 놓았던 조직들이 와해되고 비선들과의 연락이 끊어질 것이다. 또한 자신의 정체마저 노출될 수 있다.

　일차 계획이 성공하고 제독동창 기종위가 미친 듯이 설쳐 댔지만 꼬리가 잡히진 않았다. 그런데 갑작스럽게 동창의 당두와 시비들이 여러 명 바뀌었다.

이건 기종위의 생각이 아니다.

그자는 이런 생각을 할 수 없다.

이번 일은 아주 비상한 두뇌를 가진 자가 벌인 것이다.

그자는 시비들이 황궁에서 어떤 역할을 하는지, 어떤 연결 통로가 되는지 잘 알고 그녀들을 제일 먼저 뒤흔들어 버렸다.

그건 핵심을 찌른 처사였다.

그로인해 자신은 지금 두 눈을 완전히 잃어버린 지경이 되었다.

'이건 천뇌자란 자의 소행이 분명하다.'

그런 생각을 하자 등줄기로 식은땀이 흘러내렸다.

천뇌자가 조만간 황궁으로 들어와 무림과 황궁의 충돌을 일으킬 일을 벌일 것이라는 연락을 받고 일을 서두르고 있었는데 놈은 한발 빠르게 치명타를 가했다.

제갈신우는 긴장된 마음을 진정시키고자 거듭 심호흡을 했다. 그러나 천뇌자 그놈이 황궁으로 들어왔다는 생각에 몸은 더욱 굳어졌다.

중요한 일은 마음이 돌처럼 견고한 사람들과 나누고 그 외는 그냥 부분적인 것만 알고 있도록 점조직화했기에 단번에 자신을 찾아내지는 못할 것이지만 시간이 더 지나면 그놈은 자신을 찾아낼 것이다.

이렇게 즉각적이고 비상하게 움직이는 놈이라면 충분히

그럴 것이다.

'시간이 얼마나 남았을까?

제갈신우는 눈을 감으며 천뇌자가 자신을 찾아내는 데 얼마의 시간이 걸릴지 가늠해 보았다.

길어야 닷새!

그놈이 무언가 감을 잡았다면 그 정도가 최대치일 것이다.

그렇다면 그 안에 모든 일을 진행시켜야 하는데 도저히 불가능해 보였다.

아직도 늙은 쥐의 소굴로 들어갈 방법은 찾지 못했다. 그를 처치하지 못하는 한 어떤 거사도 소용이 없다. 와중에 그동안 구축한 조직망까지 뒤흔들어 놓았으니 더욱 힘들 것이다.

정말 치명적인 일격을 당한 셈이었다.

'단영이는 어디로 갔을까?

그런 생각을 하자 머리 위를 뒤덮은 먹구름이 몇 배는 더 짙어지는 느낌이었다.

용기를 내어 이곳까지 왔지만 유리그릇처럼 깨어지기 쉬운 아이였다. 그런 동생이 생판 모를 다른 곳으로 끌려갔다는 생각을 하면 눈앞이 깜깜했다.

이곳은 단일 공간으로는 상상을 불허할 만큼 넓은 곳이다. 그리고 궁녀의 수만도 십만이 넘었다. 그녀들 중에 섞여 버리면 평생 못 만날 수도 있는 일이었다. 물론 누구보다 영리한 아이이니 무슨 수를 써서라도 자신과 연락이 닿게 하겠지만

그동안 심적 충격을 어떻게 견딜지 생각하니 들불 앞에 선 심
정이었다.

'그렇다고 이렇게 가만히 있을 순 없다.'

제갈신우는 몸을 일으켰다.

지금으로서 할 수 있는 것은 첩형 위정곽을 만나는 것이다.

위정곽은 동초기와 함께 동창의 두 명 첩형 중 다른 한 사
람이다.

동초기가 제독동창 기종위의 심복으로 단심맹의 일원이라
면 위정곽은 정반대의 생각을 가진 사람이다. 평소 행동은 동
초기와 척을 지지 않고 적당히 동조하는 척하지만 내심은 전
혀 달랐다.

그는 단심맹에 의해 제거된 전 황제를 누구보다 존경한 사
람이었다. 그래서 언젠가 단심맹을 쳐내고 새로운 세상을 기
대하고 있었다.

그것을 알려준 사람이 동생 단영이었고 그래서 과감히 접
근하여 뜻을 같이하게 되었다.

지금은 그가 유일한 위안이었다.

"휴우—"

긴 한숨을 내쉰 제갈신우는 신형을 움직였다.

*   *   *

"언니, 어디로 가는 거예요?"

제갈단영은 불안한 기색을 애써 숨기며 정정에게 물었다.

두 사람은 갑자기 들이닥친 금의위 위사들에 의해 어디론가 이동하고 있었다.

처음에는 정체가 발각되어 체포당하는 줄 알고 주저앉을 뻔했지만 그것이 아니라 대대적인 이동이라는 말에 긴 한숨을 내쉬었다.

하지만 이렇게 갑작스런 이동의 이유가 짐작되었기에 먹구름 같은 불안이 엄습해 왔고 다리가 다 후들거렸다.

"낸들 아니. 가라면 가야 하는 것이 우리네 일이지."

정정도 덤덤하게 대꾸했지만 가슴이 미어지는 심정이었다.

그동안 제갈신우로부터 얼마나 많은 도움을 받았던가?

그가 아무런 욕심 없이 넘겨주는 금붙이와 패물들은 고향에 계신 가족들을 아사에서 구해주었다. 그리고 이젠 저잣거리에 조그만 가게도 하나 열어 더 나은 미래도 꿈꿀 수도 있었다.

그런데 이런 날벼락이라니?

하늘을 원망하는 마음까지 생겼다.

더 이상 금붙이나 패물을 얻을 수 없는 것도 막막한 심정이었지만 앞으로 그를 더 볼 수 없다는 것은 더더욱 가슴을 아프게 했다.

“왜 금의위가 우리를 데려가는 것인가요?”

제갈단영은 다시 물었다.

“그것 역시 어떻게 알겠어. 무언가 급박한 일이 있는 모양이지. 어쨌든 뭘 잘못해서 잡혀가는 건 아니니까 겁먹지는 말아.”

정정이 제갈단영을 달랬다.

“하지만…….”

제갈단영이 다시 질문을 하려다 입을 다물었다.

자신은 왜 이런 일이 벌어졌는지 감이라도 잡고 있지만 정정은 자신보다 더 모른다. 그러니 질문을 해봐야 무슨 소용일까? 단지 허물어질 것 같은 자신을 조금이라도 추스르기 위해 말을 거는 것이다.

‘오라버니는 어떻게 될까?’

그 생각을 하니 공포감이 몰려오며 다리에 힘이 풀렸다.

이런 즉각적인 조치를 취했다는 것은 포위망이 좁혀졌다는 말이고 머지않아 오라버니의 정체가 드러나며 위험에 빠질 수도 있었다.

오라버니 혼자라면 그간의 모든 것을 포기하고 황궁을 빠져나갈 수도 있겠지만 자신이 있기에 그럴 수도 없는 입장이 되었다. 이젠 자신은 도움이 되기보다는 오라버니를 사지로 끌고 가는 올가미가 된 셈이다.

휘청—

힘이 빠진 다리가 말을 듣지 않으며 몸이 무너질 듯 흔들렸다.

"정신 차려. 더 좋은 곳으로 갈 수도 있어. 혹시 알아. 동궁들의 눈에라도……."

위로하려던 정정이 제갈단영의 얼굴을 보고는 입을 다물었다. 그런 얼굴로는 길가 거지의 눈에도 들지 못할 것이다.

"발이 좀 꼬여서……."

제갈단영이 변명을 하며 애써 마음을 다잡으려 했지만 몸은 여전히 말을 듣지 않았다.

[마음을 강하게 다잡으십시오.]

다시 휘청거리려던 제갈단영의 귓전에 한줄기 목소리가 들렸다.

"아!"

제갈단영은 자신도 모르게 외마디 소리를 질렀다.

"또 왜 그래?"

정정이 제갈단영을 부축했다.

"꼬인 발에 통증이……."

제갈단영은 몸을 추스르는 척하며 사방을 살폈다.

목소리의 주인은 보이지 않았다.

하지만 바위처럼 견고한 기운이 깃든 그 목소리의 주인은 절대로 잊을 수 없었다.

처음으로 내면을 읽을 수 없었던 만년거암 같은 사내, 유한성의 목소리였다.

[소저가 가는 곳까지 내 사매가 은신술로 따르고 있소. 또한 소저 몸에 추종향을 뿌려놓았으니 어딜 가든 찾을 수가 있소. 그러니 아무 걱정 마시고 의연하게 행동하시오.]

전음이 잠시 끊어졌다.

제갈단영은 암흑의 동굴 속에서 한줄기 빛을 갈구하듯 목소리를 기다렸다.

[며칠 후에 연락이 가면 무슨 수를 쓰더라도 소저의 오라버니가 있는 곳으로 오시오.]

전음은 한마디 군더더기 없이 할 말만 하고 매정하게 끊어졌다. 하지만 그 어떤 다정한 말보다 반갑고 마음 든든했다.

쓰러질 듯 휘청거리던 다리에 힘이 돌아왔다.

상상도 못할 숫자의 황군과 이무기들이 득실거리는 이곳이었지만 그가 와 있다고 생각하니 만년한철 보갑은 두른 듯 안심이 되었다.

"이제 괜찮은 모양이네."

갑자기 씩씩하게 걷는 제갈단영을 보고 정정이 의구심 어린 표정을 지었다.

"어딜 가든 마찬가지라 생각하니 나아졌어요."

제갈단영이 미소와 함께 답했다.

"그래. 우리같이 천한 인생, 생각이라도 그렇게 해야 조금이라도 살기가 편해."

정정이 고개를 끄덕였다.

'여긴 어떻게 왔을까? 아버지가 보냈을까? 그런데 어떻게 날 알아보았을까?'

제갈단영은 한꺼번에 여러 가지 의문에 휩싸였다. 그중 제일 궁금한 것은 유한성이 어떻게 자신을 알아보았을까 하는 것이었다.

자신이 변장한 모습은 오빠 제갈신우밖에 모른다. 그런데 유한성은 자신을 정확히 알아보고 전음을 보냈다. 오빠가 알려주었을까 생각해 보았지만 머리가 흔들어졌다.

오빠가 사전에 유한성을 만났더라면 자신에게 제일 먼저 알려주었을 것이다. 조금 전에 오빠를 먼저 만났다하더라도 자신의 존재를 알려줄 여유가 없었다.

제갈단영은 머릿속의 복잡한 상념을 지웠다.

그런 건 어찌 됐든 상관없다. 지금은 그가 황궁으로 들어오고 자신과 오빠를 돕는다는 사실이 중요했다. 그건 천군만마를 얻은 것 같은 심정이었다.

제갈단영은 긴 한숨을 내쉬며 더욱 걸음을 빨리했다.

*　　*　　*

"일이 심각하게 되었네."

제갈신우를 만난 위정곽은 제갈신우 못지않게 긴장한 표

정으로 말했다.

그 역시 당두들이 왕창 바뀌며 손발이 모두 잘려 나간 상황이 되어버렸다. 대체 어떻게 그렇게 했는지 모르겠지만 절묘하게 당두들을 바꾸어버려 어떻게 손을 쓸 수가 없었다.

무슨 증거를 잡고 그런 것은 아니었다.

당두들이 그동안 맡은 일들을 분석하여 서로 뒤섞어 버렸는데 그것이 너무 절묘해 위정곽은 지금 당장은 아무것도 할 수 없는 상태가 되어버렸다.

"천뇌자 그놈의 짓입니다."

제갈신우가 무거운 음성으로 말했다.

"홍화교에서 군사 노릇을 한다는 그놈 말인가?"

위정곽의 표정이 굳어졌다.

그동안 제갈신우로부터 그놈이 어떤 놈인지 들었기 때문이다.

지금의 모든 혼란을 획책한 놈이 그놈이라 들었다. 그놈이 황궁으로 들어왔다면 정말 위험한 일이었다. 동초기가 근 한 달에 걸쳐서도 하지 못한 일을 놈은 단 하루 만에 해버렸다. 그런 놈이라면 자신들을 찾아내는 것도 시간문제란 생각이 들었다.

"지금 당장 거사를 시작하면 어떤가?"

위정곽이 초조한 표정과 함께 제안했다.

"늙은 쥐를 잡지 못하면 소용없습니다. 헛된 희생만 따를 뿐입니다."

제갈신우가 고개를 흔들었다.

"어차피 며칠 후면 모든 것이 밝혀지고 그럼 대대적인 숙청 작업이 이루어질 것이 아닌가?"

위정곽은 이제 이판사판의 심정이 되었다.

제갈신우는 잠시 대꾸를 하지 못하고 심호흡만 했다. 위정곽의 말대로 닷새 정도만 지나면 놈은 범위를 좁히고 자신들을 찾아낼 것이다. 그럼 모든 것은 수포로 돌아가고 피의 숙청만이 있을 뿐이다.

"만약 지금 거사를 치른다면 조직 가동률은 얼마나 되겠나?"

위정곽이 다시 물었다.

"오늘 당장이라면 구 할 이상은 가동이 가능합니다."

"시간이 더 지나면?"

"하루에 일 할 정도씩 가동률이 떨어질 것입니다."

"그럼 하루라도 빨시 시작하는 게 낫지 않겠나. 어차피 죽을 목숨이라면 놈들 중 절반이라도 쳐내고 죽는 것이 나은 일이지."

위정곽이 결연한 음성으로 말했다.

"생각할 시간을 좀 주십시오."

제갈신우가 고개를 끄덕이며 답했다.

"내일 이 시간에 다시 만나세. 그때는 가부간의 결정이 아니라 거사 계획을 가지고 오게."

위정곽이 단호하게 지시를 내린 후 실내를 빠져나갔다.

'성공 확률은 얼마나 될까?'

집무실로 돌아온 제갈신우는 눈을 감고 깊은 생각에 잠겼
다.

첩형 위정곽의 말대로 이대로 있어봐야 손 한 번 쓰지 못하
고 모조리 잡혀가 참형을 당할 것이다. 그럴 바에야 거사를
일으켜 싸우다 죽는 것이 낫다. 그렇다면 최대한 놈들에게 타
격을 줄 수 있는 방향으로 일을 이끌어야 한다.

그 과정에서 자신이 죽을 수도 있겠지만 천뇌자 그놈이라
도 죽이고 죽는다면 여한이 없다. 그리고 동생 단영을 위해서
라도 하루빨리 움직여야 한다. 일이 시작되면 혼란이 일 것이
고 그 틈에 동생은 황궁 밖으로 나갈 수가 있을 것이다.

'내일 거사를 일으킬 수밖에 없겠군.'

제갈신우는 마음의 결정을 내렸다.

그렇다면 지금부터는 놈들에게 최대한 큰 타격을 입힐 수
있는 방향으로 계획을 짜야 한다.

제갈신우는 커다란 두루마리 하나를 꺼내 펼쳤다. 두루마
리는 아무것도 적혀 있지 않은 백지로 이루어져 있었다. 그러
나 제갈신우가 약병에 든 약을 뿌리자 백지에는 작은 글자들
이 빽빽이 드러났다.

제갈신우는 한동안 그 두루마리를 들여다보았다.

"휴—"

긴 한숨을 내쉰 제갈신우는 여분의 두루마리에 무언가를 열심히 써내려 갔다. 하지만 여전히 두루마리는 백지 상태를 유지하고 있었다. 그것 역시 약품을 뿌려야 보이는 모양이었다.

"늙은 쥐를 처치하지 못하는 것이 한이다."

제갈신우는 음울한 목소리로 중얼거렸다.

아무리 애를 써도 늙은 쥐에게 접근하는 것은 불가능했다. 늙은 쥐는 수십 겹의 보호막 안에서 절대로 밖으로 나오지 않고 몸을 도사라고 있었다.

처음부터 그렇게 하도록 시킨 인간 역시 천뇌자일 것이다. 그가 아니라면 어딘가 한군데는 틈이 있었을 것인데 도무지 틈이 보이지 않는 것은 그의 입김이 작용한 때문일 것이다.

"어쨌든 내일이면 결판이 난다."

제갈신우는 입을 굳게 다물었다.

세상이야 어떻게 되든 황궁을 빠져나가 도망을 치고 싶은 마음도 들었지만 이성은 그것을 완강히 만류했다.

자신은 가문의 일원이다. 가문을 위해서는 언제든지 목숨을 바칠 수 있어야 한다.

그것이 명문세가, 특히 무림세가 자식들의 삶의 방식이었고 운명이었다.

이젠 그 운명을 달게 받아들일 때가 된 것이다.

제갈신우는 탁자에서 몸을 일으켰다.

마지막으로 동생 단영의 소재를 알아볼 생각이었다.

지금 같은 시기에서는 자신과 멀리 떨어져 있을수록 안전하겠지만 조금이라도 가까이에 있었으면 하는 마음은 어쩔 수 없었다.

제갈신우는 시비를 부르는 설렁줄을 잡아당겼다.

"부르셨습니까, 공자님."

시비 하나가 재빠르게 달려왔다. 날렵한 움직임이 다른 시비들과 달라보였다.

"부탁이 한 가지 있는데……."

제갈신우가 서두를 꺼냈다.

"뭐든 분부만 하십시오."

시비가 상냥하게 말했다. 정정을 대신해 온 그녀는 소화라고 했다.

[되도록이면 의심 갈 만한 일은 벌이지 마시오.]

제갈진이 입을 열려는 순간 고막 속으로 전음이 들렸다.

'이 목소리는?

제갈신우는 바늘에 발바닥을 찔리기라도 하듯 움찔 몸을 떨었다.

"왜 그러십니까, 공자님?"

시비가 즉시 물었다.

“감기가 오는지 몸이 좀 안 좋으니 꿀물을 좀 가져다 다오.”

제갈신우는 이마를 짚으며 말했다.

“알겠습니다, 공자님.”

부탁이라는 말에 눈을 반짝이던 시비가 일상적인 지시를 받고는 미세하게 표정을 변화시키며 돌아섰다.

잠시 후 시비가 꿀물을 가져다주고 나간 뒤 벽 쪽의 어둠 속에서 한 명의 인영이 모습을 드러냈다.

사진용이었다.

제갈신우는 놀란 입을 다물지 못하며 사진용을 쳐다보았다.

이제는 고인이 된 남궁성민 등과 정검가에 타격대원으로 숨어들었을 때 유한성을 사형으로 따르던 남매 중 오빠였다. 서로 사형 사제라 불러 이름은 모르겠지만 얼굴은 확실히 기억이 났다.

그가 이곳으로 들어온 것도 놀랄 일이었고, 또 유령처럼 고강한 은신술을 펼치며 모습을 드러낸 것도 놀랄 일이었다.

“대체 어쩐 일이시오?”

제갈신우가 물었다.

“사형의 전갈을 가지고 왔소.”

사진용이 서찰 한 장을 내밀었다.

“유 공자… 유 공자가 이곳에 와 있단 말이오?”

제갈신우가 빼앗듯이 서찰을 잡아채며 말했다.

"목소리가 큽니다!"

사진용이 주의를 주며 말을 이었다.

"공자의 동생 뒤를 밟고 있소. 지금쯤이면 서로 연락이 닿았을 것이오."

"동생을 어찌 알고?"

"그건… 나도 모르오. 아마 공자 부친께서 가르쳐 준 것이 아닌가 싶소."

사진용의 대답에 제갈신우는 잠시 아무 말도 못하고 서 있었다.

사진용의 말을 미루어 보면 아버지가 유한성을 보냈다는 말이다. 그래도 이해가 안 되는 부분이 너무 많았다.

그건 나중에 밝혀질 일이다. 지금은 유한성이 황궁에 들어왔다는 사실이 중요했다.

유한성은 동생 단영이 만년거암처럼 든든하게 믿는 사람이었다. 그런 유한성을 단영이 만났다면 동생은 철벽 속에 안주한 것처럼 든든함을 느낄 것이다. 그건 자신 역시 마찬가지다.

이젠 동생에 대해서는 안심이다. 자신의 일만 하면 되는 것이다.

"자세한 것은 그 안에 있소. 그럼!"

사진용이 다시 어둠 속으로 스며들었다.

돌파
第百二十四章

　제갈신우와 제갈단영에게 빠르게 조치를 취한 유한성은 제갈진이 준 지도를 떠올리며 빠르게 걸음을 옮겼다.

　동창에서 활동하는 백 명의 당두 중 칠십이 당두의 신패를 미리 위조한 터라 황궁 외곽은 별 제지를 받지 않고 드나들 수 있었다. 하지만 요공이 사는 별궁은 상황이 전혀 달랐다.

　최근에 이르러 그곳은 사전에 요공공과 예약이 되어 있지 않으면 누구도 함부로 들어갈 수 없는 금역의 장소가 되었다. 뿐만 아니라 근처를 지나는 것도 몇 번의 검문을 받고 기록까지 남겼다.

　근처를 접근하는 것조차 그 정도이니 별궁 안으로 들어간다는 것은 엄두도 내지 못할 상황이었다. 일단 안으로 들어가야 무슨 일을 벌일 수 있을 것인데 들어가지 못하니 손을 쓸 방도가 없었다. 또한 그 안에는 진식이 펼쳐져 있어 그냥 들어갔다가는 갑자기 나타난 미로에서 헤매다 호위대에 무참히 베어질 것이다.

그곳은 황궁 속에 존재하는 또 하나의 황궁이었다.

유한성은 유검가를 떠나기 전 제갈진이 짜준 작전을 떠올렸다.

그곳으로 들어가는 유일한 외부인은 동이 트기 한참 전에 하루 한 번씩 들어가는 식자재 마차뿐이었다. 그 외에는 무조건 안에서 허락이 떨어져야 한다.

식자재는 항상 신선한 것을 써야 하기에 하루에 한 번씩은 들어가지만 그렇다고 그 마차가 쉽게 들어가는 것은 아니다. 들어가기 전에 쥐새끼 한 마리도 따라 들어가지 못할 정도로 검문검색을 하고 들여보낸다.

제갈진은 그 식자재 마차를 이용하는 계획을 짰다. 마차를 몰고 가는 사람은 육순의 노인이었는데 그는 며칠 전에 갑작스럽게 마차바퀴에 깔리는 사고를 당해 왼쪽 손목을 잃었다. 그 사실은 별궁 호위대에게 보고되었고 호위대장이 직접 와서 손목의 상처를 조사해갔다.

노인은 며칠 쉬는 동안 다른 사람을 보내겠다고 했지만 호위대장은 허락하지 않았다. 잘린 손목의 상처를 붕대로 감고

서라도 일을 하라고 했다. 새로운 사람이 대신하려면 그 사람을 먼저 천거하고 열흘에 걸친 조사가 이루어진 이후에나 가능하다고 했다.

노인은 혀를 차며 고개를 끄덕였다.

그 즉시 무림맹 최고의 전문가들에 의해 한조산이 노인으로 변장한다. 변장도 완벽하겠지만 특히 잘린 채 붕대가 감긴 왼손은 놈들의 주의력을 더욱 흐리게 할 것이다. 노인은 손목을 잃고 일을 잃은 대가로 일가족이 평생 호위호식할 수 있는 은원보를 받았고 멀리 떠날 것이다.

한조산이 할 일은 별궁 안으로 들어가는 즉시 진식을 파훼하는 것이다. 하지만 그것이 확실히 성공한다는 보장은 할 수가 없었다. 진식은 자주 바뀌고 무척 복잡했다. 한조산이 아무리 절정의 고수라고는 하지만 진식의 대가는 아니었기에 그럴 수밖에 없었다.

진식이 파훼되면 유한성과 사진용이 은신술로 외곽의 호위 무사들 몇 명을 소리 없이 베고 내당으로 스며들어 매복자들을 처치하며 늙은 쥐의 거처까지 최대한 빠른 시간 안에 접근한다. 그 시간이 일각을 넘으면 외곽의 다른 곳에 있는 무사들이 합류하거나 늙은 쥐와 천뇌자가 무슨 계략을 꾸며 실패할 가능성이 높다.

계획을 한 번 더 상기한 유한성은 고개를 흔들었다.

진식이 파훼되더라도 안에 있는 고수들이 너무 많다. 웬만

한 고수들로서는 낌새도 챌 수 없을 정도인 은신술의 고수들이 곳곳에 매복하고 있다.

이렇게 허술한 계획 속에서 사부를 사지로 보내는 것은 절대로 내키지 않았다. 그래서 자신이 이곳에서 며칠째 은신하며 궁리를 하고 있는 것이다.

사부 한조산과 사매 진진이 합세하며 짧은 시간에 다시 짠 계획이라고는 하지만 제갈진의 머리에서 나온 것치고는 허술하기 짝이 없는 계획이었다.

무림맹 군사 제갈진은 그 어떤 심사숙고한 계획도 유한성과 한조산의 일대종사에 가까운 무공에 견줄 수 없다는 말과 함께 그가 짜온 계획을 모조리 찢어버리고 두 사람의 무공을 우선적으로 감안한 계획을 짰다.

그야말로 제갈진은 자신의 두뇌보다는 한조산과 유한성의 고강한 무공과, 어떤 상황도 뚫고 나가는 유한성이 지닌 극강의 돌파력과 생존본능을 더 믿는, 도박에 가까운 계획을 짠 것이다.

그런 제갈진의 선택에 유한성은 쓴 입맛을 다셨다.

천하의 제갈세가 가주가 자신의 두뇌를 이용한 정교한 계획보다는 직감과 운을 더 믿는 도박적인 계획을 짰다는 것이 어이가 없었다. 그때는 신기제갈이란 단어에 대한 강한 의구심마저 일었다.

제갈진으로서는 상상도 못할, 자신이 가진 정수리의 눈을 십분 이용하면 성공할 확률이 더 높아지겠지만 늙은 쥐를 둘러싼 고수들이 얼마나 많을지 모르기에 장담할 수 없었다. 특히 새로 들어온 천뇌자가 별궁 안에 어떤 짓을 벌여 놓았을지 알 수 없기에 더욱 마음이 무거웠다.

유한성은 끈질기게 주변을 살폈다. 그리고 틈을 찾기 위해 눈에 불을 켰다.

어느 순간 유한성의 눈이 번쩍 섬광을 발했다.

이질적인 움직임 하나가 눈에 들어왔다. 극강의 은신술을 펼치는 인영의 모습이 정수리의 눈에 감지되었다. 그는 진법과 수많은 매복에도 전혀 구애받지 않고 유유히 밖으로 빠져나오고 있었다.

'늙은 쥐의 최측근이다.'

유한성은 그렇게 판단했다.

최측근이 아니고는 저런 움직임을 보일 수 없다. 자신의 정수리에 있는 눈이 아니고는 감지가 불가능할 정도로 극강의 은신술을 펼치고 있지만 진식마저 전혀 구애받지 않는다는 것은 진식에 대한 모든 것을 미리 인지하고 있다는 말이었다. 그건 늙은 쥐, 아니, 천뇌자의 최측근이 아니면 불가능했다.

유한성은 소리 없이 신형을 움직였다.

비영은 기가 막힌 심정이 되었다.

자신의 은신술이 전혀 통하지 않았다. 그건 불가능에 가까운 일이었다.

자신은 다른 것은 몰라도 은신술에 있어서는 천하제일이란 자부심을 가지고 있었다. 그건 그간의 피나는 노력이 있었기에 가능하기도 했지만 타고난 체질 덕분이었다.

그의 체질은 다른 사람들과 달리 뼈마디가 물러, 서 있는 것조차 불가능한 천형의 체질이었다. 보통 사람으로 살아간다면 하루 종일 누워서 물에서 건져 올린 해파리처럼 살아가야 했다.

하지만 무공을 익히며 그건 특이한 능력으로 승화되었다. 허물거리는 뼈마디를 가진 육체는 축출공을 익히는 데 최상의 조건으로 작용했고 은신술에도 남들보다 몇 배는 유리했다.

그렇게 은신술에 있어서는 천하제일이라 자부하며 그동안 두진향의 처소에서 요공공도 모르는 최측근 호위로 활동하고 있었다. 그런데 오늘 그 은신술이 도저히 통하지 않는 기막힌 상황에 봉착했다.

쥐구멍만 한 작은 구멍을 통해서 다른 곳으로 이동해도 귀신같이 따라왔다. 놈은 마치 땅속을 투시하는 능력이 있는 것 같았다.

이젠 한계가 다가오고 있었다. 거리는 점점 가까워졌고 숨은 가빠졌다.

'저곳!'

비영의 눈이 빛을 발했다.

죽으란 법은 없는지 제법 긴 하수구 구멍이 발견되었다. 저곳으로 스며들면 최소한 백 장 밖에서 솟아오를 것이다. 그리고 중간에 몇 갈래로 나눠지기 때문에 놈은 절대로 쫓을 수 없을 것이다.

비영은 신속히 하수구 구멍으로 스며들었다.

'이건 꿈이다.'

나눠진 몇 갈래의 하수구 중 하나를 선택해 이동했는데도 놈은 따라붙고 있었다.

설사 추종향을 묻혀놓았어도 땅속으로 이동했기에 추적이 불가능할 터인데 놈은 정확히 자신을 따라왔다.

비영은 신형을 틀었다. 다시 되돌아가기 위함이었다.

그 순간 퍼엉! 하는 폭발음이 터지며 눈앞의 땅거죽이 튀어올랐다. 그리고는 차가운 금속의 감촉이 목에 와 닿았다.

"오늘 같은 날 밖으로 나와 줘서 정말 고맙군."

목에 닿은 검날의 감촉보다 더 차가운 목소리가 들리며 신형이 붕 떠올랐다. 그리고 점혈과 함께 온몸이 굳어지는 것을 느꼈다.

'어서 꿈에서 깨야 한다.'

비영은 간절하게 바랐지만 꿈은 오랫동안 지속되었다.

*   *   *

"헉! 헉!"

제갈단영은 사력을 다해 달려나갔다.

조금 전 같은 시비 복장의 여인으로부터 쪽지 하나가 전해 졌다. 그건 유한성이 보낸 것이었다. 그 쪽지를 받았으니 즉시 오라버니가 있는 곳으로 최대한 빨리 가야 했다.

제갈단영은 잠시 뒷간에 간다는 핑계를 댄 후 그곳을 빠져 나와 제갈신우가 있는 곳으로 달려가고 있었다.

드넓은 대궐을 이리저리 돌아 예전에 있던 곳으로 가려니 다리가 다 풀리는 기분이었다.

이럴 때 무공이 있었으면 경공을 펼칠 수 있어 얼마나 좋을까 하는 생각도 들었다.

앞쪽에서 다른 시비들이 걸어오고 있었다.

제갈단영은 뜀박질을 멈추고 시비 특유의 종종걸음으로 걸었다.

두 명의 시비가 낯선 얼굴의 제갈단영을 잠시 쳐다보았지만 최근 왕창 바뀐 인원을 감안하며 곧 시선을 돌리며 지나쳐 갔다.

보는 사람이 없자 제갈단영은 다시 줄달음을 쳤다. 누가 황궁을 이렇게 넓게 지었는지 벼락이라도 내렸으면 하는 생각도 들었다.

근 이각을 더 달려서야 비로소 오라버니가 있는 건물이 눈
에 들어왔다.

"휴우—"

제갈단영이 안도의 한숨과 함께 건물 안으로 들어섰다.

"역시 네놈들이었군."

오빠 제갈신우가 있는 방의 문을 열려는 순간 뒤에서 굵은
목소리가 울렸다.

제갈단영은 비명도 지르지 못한 채 고개만 뒤로 돌렸다.

서슬 시퍼런 금의위 무사 하나가 차가운 미소와 함께 자신
을 쳐다보고 있었다.

"네년과 상관중호라는 놈이 가장 의심스럽다는 결과가 나
왔는데 역시 그랬군. 이번에 이동한 사람들 중에 네년이 가장
먼저, 그리고 가장 멀리 움직였다. 그건 물증이나 마찬가지
지."

금의위 무사가 포승줄을 꺼냈다. 그리고 제갈단영의 목을
향해 올가미를 던졌다.

"컥!"

올가미는 순식간에 제갈단영의 목을 감았고 제갈단영은
숨이 턱 막히며 정신마저 혼미해졌다.

파앗—

거의 질식하려는 순간 제갈단영의 얼굴로 핏물이 튀었다.
그리고 목에 감긴 포승줄이 느슨해졌다.

“어서 안으로!”

자신과 비슷한 또래의 시비차림 소녀가 고함을 지르며 쓰러진 금의위 무사를 끌어당겼다. 소녀에 비해 두 배는 더 큰 무사였지만 소녀는 공깃돌을 던지듯 무사를 방 안으로 집어던졌다.

“악!”

오빠 제갈신우의 방으로 들어간 제갈단영은 비명을 터뜨렸다.

자욱한 피비린내와 함께 다섯 명의 금의위 무사가 쓰러져 있었다. 그리고 그 옆으로 자신보다 더 어려보이는 소녀가 검을 들고 서 있었다. 오빠는 보이지도 않는 것으로 보아 이 어린 소녀가 베어버린 것 같았다.

현실감이 들지 않았지만 유한성과 같이 온 사람들이라면 충분히 가능할 것 같다는 생각에 마음을 다잡았다.

“오라버니는?”

제갈단영이 오빠 제갈신우의 행적을 물었다.

“지금 조직을 가동하러 갔어요. 그러니 걱정 말아요.”

사진혜가 답했다.

그 순간 열 명가량의 금의위 무사가 들이닥쳤다.

“아악!”

제갈단영이 비명을 질렀다.

금의위 무사들이 겁나서가 아니었다. 어린 소녀의 검이 번쩍 하고 허공을 가르자 세 개의 목이 동시에 떠올랐다. 그리고 또 한 번의 검이 수직으로 떨어 내리자 네 명이 피를 토하며 쓰러졌다.

악마적인 검초였다.

쩽!

째앵—

검명이 몇 번 더 울리며 나머지 세 명의 금의위 무사도 바닥을 뒹굴었다.

"여긴 위험해요. 다른 곳으로 옮겨요."

열 명의 금의위 무사를 순식간에 베어버린 진진이 제갈단영의 손을 잡고 서둘러 달려나갔다. 그 뒤를 사진혜가 따랐다.

*　　　*　　　*

쉬익—

칠흑 같은 밤의 어둠 속에서 암기 하나가 미세한 파공음마저 떨친 채 날아갔다. 그리고 벽 속의 한 인영이 얼어붙었다. 또 하나의 암기가 날며 똑같은 현상이 벌어졌다.

그들로서는 감지가 불가능한 거리에서 날아오는 암기였기에 속수무책이었다. 그런 거리에서 누군가 자신들을 감지하리라고는 상상도 못했기에 경계의 범주에 없었던 것이다.

쉬이익—

유한성은 계속해서 매복자들의 감지 범위 밖에서 암기를 날렸다. 그리고는 빠르게 안으로 날아 들어갔다.

비영이란 놈을 잡아 사부 한조산의 고문수법으로 진법에 관한 정보와 매복 숫자 및 늙은 쥐의 최측근 호위 등에 대해 상세히 알아낸 것은 천운이었다. 그로 인해 성공 확률이 몇 배는 더 높아졌다.

파앗—

뒤에서 미세한 파공음이 들렸다. 사부 한조산과 사진용이 암기에 격중되고도 숨이 늦게 끊어지는 놈들을 처리하는 소리였다.

파앗—

다시 암기들이 날았다.

몇 명이 그대로 얼음이 되어 굳어지는 것이 훤히 보였다.

하지만 이제부터가 문제였다.

안으로 들어갈수록 더 강한 자들이 매복해 있었다. 그들은 암기로 잡기에는 힘들 것이다. 그들은 제갈진의 도박에 가까운 계획대로 사부와 자신의 무공에 의존하는 수밖에 없다.

잠시 멈추는 사이 사부가 옆으로 다가왔다. 유한성은 놈들의 매복 위치를 사부 한조산에게 가르쳐 주었다.

"지금!"

한조산이 신호를 내렸다.

파아앙!

모퉁이를 돌아 나오며 두 사람의 검에서 지옥의 그물 같은 검기가 펼쳐졌다.

파파파파팟—

벽과 천장, 바닥이 난도질되며 그곳으로부터 핏줄기가 분수처럼 튀었다.

"쳐라!"

폭음을 듣고 매복자들이 튀어나왔다. 그들을 향해 두 사람이 질풍처럼 쏘아져 나갔다.

파파파파팡—

검기의 그물에 걸린 사람들이 육편이 되어 흩어졌다.

이제 늙은 쥐와의 거리는 복도 두 개만 지나면 되었다.

파파파팟—

열 명도 넘는 사내가 검을 휘두르며 뛰어나왔다. 은신을 깨고 튀어나온 자들이었다.

슈아악—

유한성의 검이 허공을 갈랐다.

이젠 더 이상 은밀하게 접근하는 것은 불가능했다. 천지를 진동하는 굉음이 터지더라도 최대한 빨리 베어내며 늙은 쥐의 처소까지 돌파해야 한다.

파파파파파파팡!

유한성의 검에서 천라폭정의 초식이 쏟아지며 빛줄기가

수천 개의 못처럼 쏟아져 갔다.

슈아악─

사내 하나가 쾌속하게 검을 뿌렸다. 그의 검에서 쏟아진 검기가 천라폭정의 검기를 반이나 상쇄시켰다. 하지만 나머지 반이 다른 사내들을 덮쳐 갔다.

“이, 이게 무슨 소리냐? 호위대장은 어디 있느냐?”

두진향의 스승으로 변장한 천뇌자에게 새벽까지 환희보양술을 넘어 극락환천술을 받고 황홀경에 빠져 있던 늙은 쥐 요공공은 와락 눈살을 찌푸리며 고함을 질렀다.

감히 작은 황궁이라 칭해진 이곳에서 비명 소리가 들리다니?

그런 일은 절대로 일어날 수가 없다. 설사 누군가 실수로 발등에 칼을 떨어뜨렸다 하더라도 이곳에서는 그런 소리가 들리지 않아야 한다.

“부르셨습니까?”

잠시 후 별궁호위대장 강조위(姜祖爲)가 헐레벌떡 달려 들어왔다.

“대체 이게 무슨 소리냐?”

천뇌자가 고함을 질렀다. 그 목소리에는 극락환천술이 중단된데 대한 짜증이 가득 묻어 있었다.

“확인해 보겠습니다.”

강조위가 즉시 몸을 돌렸다. 그 역시 지금 들려오는, 도저히 이곳에서 흘러나올 수 없는 소리들에 의구심이 가득 일었다.

쨍!

콰아앙—

강조위가 문을 나서기도 전에 이번에는 금속성과 함께 폭음마저 일었다.

"침입입니다!"

강조위의 부하 하나가 미친 듯이 뛰어들었다.

"침입이라니? 그게 무슨 미친 소리냐?"

강조위가 고함을 질렀다.

이곳은 황궁 그 어느 곳보다 완벽한 방어막이 펼쳐져 있었다. 기관과 진법, 그리고 절정고수들의 매복! 황제의 처소에 침입하는 것보다 힘이 들 터였다.

"기관과 진식이 깨어지고 외곽 경비무사들이 뚫린 모양입니다."

"말이 되는 소리를 해라, 이 정신 나간 놈아!"

강조위가 고함을 질렀지만 비명과 날카로운 금속성은 더욱 맹렬하고 가까워졌다.

'대체?'

극락환천술을 멈춘 천뇌자는 눈을 가늘게 떴다.

기관과 진식은 며칠 전 자신이 다시 설치하고 재배치한 것이다. 그것이 깨어졌다는 말은 누군가 내부자의 소행이 아니고는 불가능했다. 그리고 내부자라면 자신과 두진향밖에 없었다.

'가만!'

천뇌자의 눈이 번쩍 빛을 발했다.

"잠시 실례하겠습니다."

천뇌자가 급히 옆방으로 뛰어들었다.

"뭐라!"

두진향으로부터 비영이 어제저녁 밖으로 나가서 아직 돌아오지 않았다는 말을 들은 천뇌자는 흉신악살처럼 표정을 일그러뜨렸다.

이런 중요한 시기에 놈을 내보내고 돌아오지 않은 것을 보고조차 하지 않다니?

"멍청한 것! 아무리 사소한 것이라도 모조리 보고하라고 하지 않더냐?"

천뇌자가 두진향의 뺨을 갈기며 고함을 질렀다.

"항상 하는 일이었습니다. 그리고 비영은 세상 누구도 잡을 수 없는 사람입니다."

두진향이 공포에 질린 얼굴로 떠듬거렸다.

"닥쳐라, 이 멍청할 것! 지금이 어느 시기인데 평소와 같이 한단 말이냐?"

잡아먹을 듯이 두진향을 노려본 천뇌자는 문을 박차고 두진향의 처소를 나갔다.

"경종을 울리고 모든 호위를 이곳으로 모으시오!"

천뇌자가 강조위를 향해 고함을 질렀다.

"이미 그렇게 했습니다."

강조위가 답했다. 그의 말대로 열 명의 사내가 모여들어 요공공 주변을 지키고 있었다.

"복도의 기관은?"

"그곳은 멀쩡합니다. 여기까지 접근하더라도 놈들은 그곳에서 막히거나 고슴도치가 될 것입니다."

강조위의 음성에 확신이 묻어났다.

"하지만 만약의 경우에 대비해 대부님을 비밀 통로로 모셔야겠소."

천뇌자는 요공공을 끌어 일으켰다. 앞으로 계획한 일의 중점에는 여전히 요공공이 있었다. 실제적으로 황제의 권력을 누리고 있는 그가 있어야 모든 것을 쥐고 흔들 수 있다.

"내 집 놔두고 어디로 간단 말이냐?"

요공공이 눈을 부릅떴다. 일인지하 만인지상의 위치에 있는 그로서는 비밀 통로로 도망을 친다는 것은 생각할 수도 없었다.

"너, 너, 너, 그리고 너!"

요공공의 말을 무시한 천뇌자가 호위 네 명을 불렀다.

"너희는 최대한 흔적을 많이 남기면서 각각 다른 통로로 달아나라."

천뇌자의 명령에 잠시 주저하던 호위 네 명이 다섯 개의 비밀 통로 중 네 개를 통해 빠져나갔다.

"너희는 목숨을 걸고 한 놈도 이곳에 발을 들여놓지 못하게 하라."

나머지 여섯 명의 호위에게 명령을 내린 천뇌자는 호위들이 밖으로 나가자 요공공을 향해 다가갔다.

"우리도 어서 가야 합니다, 대부님!"

천뇌자가 고함을 질렀다.

"싫다. 모두 베어버려라. 그러면 될 것이 아니냐?"

요공공이 발악을 했다.

"송구합니다."

천뇌자가 요공공의 혈 한곳을 찍었다.

그리고는 축 늘어진 요공공을 허리에 걸치고 나머지 한 개의 통로를 통해 빠져나갔다.

"크윽!"

"큭!"

다섯 사내가 비명과 함께 동시에 쓰러졌다.

콰아앙—

한조산의 검에서도 무지막지한 검기가 터져 나왔다. 나머지 네 명이 쓰러지고 유한성이 뿌린 천라폭정의 검기를 반이나 지운 사내만 남았다.

유한성의 검이 다시 춤을 추었다.

푸욱—

남은 사내의 가슴에 유한성의 검이 깊이 박혀들었다.

'이젠 복도 하나!'

유한성과 한조산이 비조처럼 몸을 날렸다.

덜컹!

기관음이 들리며 철창이 쏟아져 내렸다.

늙은 쥐를 이중으로 보호하는 엄중한 기관이었다.

쉬익—

유한성이 벽 한곳으로 검을 뿌렸다.

콰앙—

벽이 박살 나며 내려오던 철창이 중간에서 멈추었다. 비영이란 놈으로부터 미리 뽑아낸 정보가 효력을 발휘하는 순간이었다. 은신술에 비해 무공은 별로였던 그놈은 사부 한조산의 폐혈 수법에 거의 이지를 상실한 채 모든 것을 털어놓았다.

콰콰쾅!

다시 벽이 터지며 복잡한 기관 장치가 박살이 났다. 그것은 복도 끝에서 수천 개의 세침이 쏟아지게 하는 장치였다.

"마지막입니다!"

유한성이 고함과 함께 몸을 날렸다.

여섯 명의 사내가 검을 휘두르며 달려들었다.

쉬이이익—

한조산과 유한성의 검이 동시에 불을 뿜었다.

여섯 명의 사내가 피를 뿜으며 한꺼번에 쓰러졌다. 그 사이를 틈타 호위대장 강조위가 바람처럼 검을 날렸다.

절정에 이른 고수였다. 요공공의 최측근 호위이니 그럴 만했다.

츄아아악—

유한성의 검에서 성라검법의 그물 같은 검기가 쏟아졌다.

강조위의 눈동자에 언뜻 공포감이 스쳐 지나갔다. 말로만 듣던 청해마검의 마라검기!

그러나 직접 마주하니 듣던 것보다 몇 배는 더 가공했다.

파아앙—

강조위의 검에서 뻗어 나온 검기가 성라검기와 마주쳐 폭음이 울렸다.

"좀 큰 불나방일 뿐이다."

한조산의 검이 강조위의 가슴을 길게 갈랐다.

강조위가 두 눈을 부릅뜨며 자신의 갈라진 심장을 쳐다보다가 바닥으로 무너졌다.

"저곳입니다!"

콰앙—

문이 박살 나며 늙은 쥐가 있는 방으로 들어섰다. 그러나 늙은 쥐는 물론 아무도 보이지 않았다.

비밀 공간으로 빠져나간 것이다.

비밀 통로는 총 다섯 개.

늙은 쥐는 여우처럼 여러 개의 도주로를 만들어놓은 것이다.

유한성은 정수리에 온 신경을 집중하며 비밀 통로를 훑었다.

저 멀리 하나가 다른 하나를 업고 가는 흐릿한 안개가 보였다. 너무 멀어 그렇게밖에 보이지 않았지만 그것으로 충분했다. 다른 곳은 한 개의 안개밖에 보이지 않았다.

콰앙—

벽이 박살 나며 여우 굴 하나가 드러났다.

"밖에서 놈들이 들이닥칩니다."

뒤쪽의 상황을 살피던 사진용이 고함을 질렀다.

거듭된 폭음으로 외곽을 지키던 호위들이 안으로 달려오는 것이다.

"입구는 내가 지키겠다. 너는 놈들을 잡아라!"

한조산이 고함을 쳤다.

슈아아악—

유한성의 신형이 굴속으로 쏘아졌다.

복수의 끝

第百二十五章

콰앙—

화탄이 터지며 불길이 일었다.

늙은 쥐와 함께 달려가던 천뇌자가 터뜨린 것이다.

'머리카락이 자랄 날이 없겠군.'

유한성은 입술을 비틀었다.

그 아들에 그 아비가 아니랄까 봐 천뇌자는 파루진 그놈이 백화루에서 도망치던 때와 똑같은 방법을 썼다. 그리고 그에 대해서는 이미 면역이 되어 있었다.

촤아악—

검을 휘둘러 불길을 자른 유한성이 그 속으로 뛰어들었다.

굴의 입구는 황궁 한복판으로 뚫려 있었다. 그곳은 수만 황궁이 거주하는 옆이었다.

놈은 그곳에서 황군의 도움을 받을 생각임이 분명했다.

유한성이 굴 밖으로 몸을 솟구쳤다.

칠흑같은 어둠은 어느새 물러가고 사위는 새벽의 여명에 둘러싸여 있었다.

유한성은 천천히 사방을 둘러보았다.

예상대로 한 중년인이 늙은 노인을 부축한 채 검을 들고 서 있었다. 천뇌자와 늙은 쥐 요공공이 분명했다.

그 뒤로 수천 명의 황궁 무사가 달려 나오며 진을 치고 있었다.

유한성은 중년인의 얼굴에 시선을 고정시켰다.

자신이 사지를 자른 파루진 그놈과 흡사한 외모였다.

"천뇌자!"

유한성이 지옥의 유부에서 흘러나오는 듯한 음성으로 으르렁거렸다.

"네놈은?"

천뇌자가 의구심 가득한 표정과 함께 물었다. 저런 애송이 한 놈이 이런 일을 벌였다는 것은 도저히 믿어지지 않은 것이다.

"네놈 아들이 내 검에 사지가 잘렸지. 떡을 쓸 듯이 잘랐더니 지독하게 아파하더군."

유한성이 잔인한 미소와 함께 말했다. 그때 파루진의 사지
는 검기로 깨끗이 잘라 피도 흐르지 않았지만 유한성은 일부
러 그렇게 말하며 천뇌자를 격동시켰다.

천뇌자의 얼굴이 흉신악살처럼 일그러졌다.

"네놈이었구나."

천뇌자가 이를 갈며 말했다.

"그래. 나였다."

유한성이 다시 차가운 미소를 흘렸다.

"무엇들 하느냐, 어서 놈을 포위하라!"

늙은 쥐 요공공이 주변의 황군들을 보며 고함을 질렀다.

우르르—

금빛 갑옷을 입은 황군들이 사방을 둘러쌌다. 그러나 유한
성은 눈 하나 깜박이지 않고 천뇌자만 쏘아보았다.

유한성의 두 눈에서 쏘아져 나오는 살기에 천뇌자가 움찔
뒷걸음질을 쳤다.

"네놈을 갈아 마시겠다."

천뇌자가 천천히 앞으로 나섰다.

"무엇하느냐! 저놈은 황군에게 맡기고 어서 상황을 수습하
라."

황군에 둘러싸인 채 요공공이 고함을 질렀다.

"와아!"

요공공의 고함에 화답이라도 하듯 뒤쪽에서 수많은 황군

들이 쏟아져 나왔다. 포위망을 펼친 숫자보다 열 배는 더 많았다.

요공공의 입가에 미소가 어렸다. 이런 상황이면 신이라 하더라도 빠져나가지 못할 것이다.

그런데?

"크윽!"

"아아악!"

뒤쪽에서 쏟아져 나온 황군들이 포위망을 펼친 황군들을 무차별적으로 베어 넘기고 있었다. 그들은 제갈신우와 첩형 위정곽, 그리고 그동안 구축된 조직에 의해 움직이는 군사들이었다.

"이, 이게?"

늙은 쥐의 밀랍을 칠한 듯한 회색빛 얼굴이 더욱 창백하게 변했다.

지금 상황은 그가 그토록 우려했던 모반이었다. 폭정에는 모반이 필연적이라는 것을 잘 알았기에 그간 온갖 안전장치를 다 취했지만 결국 사태가 벌어진 것이다.

"어서, 어서 나를 보호하라. 그러면 백만금을 내리겠다."

요공공이 발작적으로 고함을 질렀다. 그러나 뒤쪽에서 수만 개의 창칼이 노리고 드는 상황에 등을 고스란히 맡기고 요공공을 보호할 사람은 아무도 없었다. 단지 포위망만 점점 좁혀지고 있었다.

"정지!"

첩형 위정곽이 손을 들어 올렸다.

계속 포위망을 좁히다간 이중의 포위망 안에 갇힌 유한성이 위험해지기 때문이었다.

"자식과 아비가 똑같은 모양새로 죽을 팔자 같군."

유한성은 비릿하게 웃었다.

지금 상황은 백화루에서 파루진과 맞닥뜨렸을 때와 흡사했다. 그때도 이중의 포위망 속에서 파루진은 온갖 약은 수를 쓰며 발악을 했다. 지금은 그의 아비 천뇌자가 같은 모양으로 대치하고 있었다.

파앗—

조금 전 빠져나온 여우굴로 사부 한조산과 사진용이 솟아올랐다. 천하의 청해마검이라도 별궁의 외곽호위들이 모두 몰려드는 상황은 어쩌지 못하고 도주를 한 모양이었다.

콰아앙—

두 사람이 빠져나온 것을 본 유한성은 여우굴 입구를 향해 무지막지하게 검을 휘둘렀다.

땅이 푹 꺼지며 여우굴이 무너져 내렸다. 그곳을 향해 한조산도 검을 휘둘렀다.

두 번의 무지막지한 검격에 여우굴은 완전히 막혀 버렸다. 아마도 제일 먼저 달려온 놈들은 생매장이 되었을 것이다.

"저놈이 천뇌자더냐?"

한조산이 차가운 미소와 함께 천뇌자를 쳐다보았다.

천뇌자의 표정이 여러 번 변했다. 한조산의 정체를 알았기 때문이다.

"매형이라고 불러드릴까?"

한조산이 허옇게 이를 드러냈다.

천뇌자의 얼굴이 일그러졌다. 어찌 됐든 한조산으로 인해 자신의 여동생도 죽음을 맞이했기 때문이다.

"와하하하하!"

갑자기 한조산이 광소를 터뜨렸다.

그동안의 모든 한과 응어리가 한꺼번에 터져 나오는 광소였다.

"크윽!"

"큭!"

가까이에 있던 황군들이 귀를 부여잡으며 쓰러졌다. 요공공도 휘청거리며 바닥으로 엉덩방아를 찧었다.

"하늘이 무심치 않구나."

광소를 멈춘 한조산이 천뇌자를 보며 부서져라 이를 갈았다.

"와아!"

"와아!"

엄청난 고함과 함께 다시 황군들이 몰려왔다. 제갈진이 이끌고 오는 군사들이었다. 거사는 이제 완전히 성공하고 뒤처

리만 남은 상황이었다. 그동안 너무나 심한 폭정에 일이 터지자마자 군사들은 순식간에 모반군이 되어버린 것이다. 단지 그 도화선에 불을 붙이기가 너무 힘들었을 뿐이었다.

"늙은 쥐를 죽여라."

"늙은 쥐를 천참만륙하라!"

사방에서 포성 같은 고함 소리가 터져 나왔다. 그 소리에 일차포위망을 형성했던 군사들도 도검을 던지고 뒤쪽으로 이동해 군사들 사이로 스며들었다. 그들 역시 모반군, 아니, 이제는 천리를 따르는 천군이 된 것이다.

"늙은 쥐. 당신은 군사들 차지다."

유한성의 신형이 희끗 움직이며 요공공의 멱살을 잡고 군사들을 향해 던졌다.

"와아!"

성난 군사들이 단 한 번이라도 칼질을 하려는 듯 열흘 굶은 까마귀 떼처럼 요공공을 향해 달려들었다. 순식간에 요공공은 피떡이 되어 흩어졌다.

요공공으로도 양이 차지 않은 군사들이 천뇌자를 향해 조여들었다. 천뇌자의 정체는 몰랐지만 요공공을 부축하고 있었으니 그의 수족으로 생각한 것이다.

콰앙!

유한성의 검이 불을 뿜으며 땅거죽이 터져 올랐다. 그리고는 바닥에 커다란 웅덩이 하나가 만들어졌다.

"이놈은 내 몫이오. 내 부모님의 원수이니까."

유한성이 야수처럼 으르렁거리자 포위망을 조여오던 군사들이 주춤거리며 뒤로 물러섰다.

"부모님의 원수?"

천뇌자가 눈살을 찌푸렸다. 그건 도무지 감이 잡히지 않는 소리였다.

"네놈 아들이 알려주지 않은 모양이군. 이십 년 전 산동성 영화루에서 사랑하는 남자를 따라가겠다고 놓아달라는 여인이 있었지. 그 여인의 청은 일언지하에 거절당했고 여인을 사랑했던 사내는 여인을 탈출시키기 위해 목숨을 걸고 싸웠지. 하지만 가슴에 검을 관통당하고 죽었지."

유한성이 설명을 마치자 천뇌자의 눈동자가 어지럽게 움직였다.

"우하하하하!"

잠시 후 천뇌자가 광소를 터뜨렸다.

"재미있군. 너무 재미있어. 산동성에서 기녀 하나를 건드린 놈을 처치했는데 네놈이 그년의 아들인 모양이군. 와하하하하!"

천뇌자가 다시 광소를 터뜨렸다. 한조산 못지않은 기파에 근처에 있던 황군들이 급급히 뒤로 물러났다.

"인연이란 것이 이리 질긴 줄 몰랐군. 너무 질겨서 질릴 정도야. 네놈이 그렇게 설친 이유가 얼굴도 모르는 아비의 원수를 갚기 위해서라니. 가상하다고 해야 하나, 무모하다고 해야 하나?"

천뇌자가 고개를 절레절레 흔들며 유한성을 뚫어져라 쳐다보았다.

"생각나는군. 그 입매와 눈은 아비를 많이 닮았어. 정말 재미있어. 후후후!"

천뇌자의 웃음이 이젠 공허하게 흘러나왔다.

그때의 비정했던 행동들이 오늘에 와서 아들을 잃고 파국까지 이른 결과를 맞이했다. 마치 업보의 사슬이 덮치는 느낌이었다.

"아들에 대한 사랑이 광적으로 크다고 하더군. 하지만 네 놈의 잔인성이 결국은 네 아들을 죽였지. 그것도 아주 고통스럽게. 그리고 그 수급은 지금 몽고의 오랑캐 놈들 손에 들려 이역만리를 떠돌고 있다고 하더군. 이런 걸 자업자득이라 하겠지."

유한성은 제갈진에게서 들을 사실을 알려주며 차갑게 웃었다.

"무슨 소리냐?"

아들의 얘기가 나오자 천뇌자의 표정을 다시 심하게 일그러졌다.

"네놈 아들의 수급은 무림맹을 거쳐 몽고족에게 보내졌다고 들었다. 중원을 넘어오면 누구든 이렇게 된다는 경고와 함께. 그러니 지옥에 가서도 아들과는 대화를 못 나눌 것 같군. 목 없는 시신이라 아버지를 알아보지도 못할 테니 말이야.”

유한성이 그동안의 원한을 토해내듯 천뇌자에게 잔인한 말을 퍼부었다.

“갈아 마셔도 시원치 않을 놈!”

천뇌자가 부들부들 떨며 이를 갈았다.

“난 여기서 죽을 수도 있겠지만 지금쯤 네 가문은 쑥대밭이 되었을 것이다. 이번에는 녹림의 떨거지들이 아닌, 홍화교의 고수들이 몰려갔으니까. 흐흐…….”

천뇌자가 마귀처럼 웃었다.

“마지막 발악을 하는구나. 내가 그만한 대책도 세우지 않고 가문을 떠나온 것 같나? 나와 사부님은 이곳으로 왔지만 가문에는 나와 사부님을 합친 것보다 훨씬 고수이신 대사백님께서 와 계시지. 또한 무림맹의 항마구룡대 중 한 개가 진을 치고 있지. 네놈이 보낸 마귀들은 지금쯤 예전보다 더 처참하게 베어졌을 것이다.”

챙—

더 이상 할 말이 필요 없다는 듯 천뇌자가 세차게 검을 뽑아 들었다.

“네놈 아비의 심장을 꿰뚫은 그 검이지. 네놈 심장도 같이 꿰뚫어주마.”

천뇌자가 이를 드러내며 검을 들어 올렸다.

유한성도 천천히 검을 들어 올렸다.

이젠 끝을 내고 원수를 갚을 차례이다. 이날을 위해 멀고도 험한 길을 달려왔다.

처음에는 하수린과의 약속을 지키기 위해 죽음보다 더한 운명에 맞섰다. 그리고 가문을 찾고 하수린과의 약속을 지킨 이후부터는 어머니와 아버지의 원수를 찾아 여기까지 왔다.

돌이켜보면 그 두 가지의 길이 서로 동떨어져 있었다는 생각이 들지 않았다. 그 두 가지의 길은 인간으로서는 감히 짐작조차 할 수 없는 운명의 복잡한 씨줄과 날줄이 만들어낸 하나의 결과물이었다.

그 씨줄과 날줄의 복잡한 얽힘에는 지하에 계신 부모님의 원혼이 스며든 것 같기도 하고, 사부의 피눈물이 묻어 있는 것 같기도 했다. 또 증조모님이신 연화 대부인의 눈물과 한이 얼룩져 있는 것도 같았다.

이젠 그 모든 한과 피눈물을 자신의 검으로 베어낼 순간이 온 것이다.

우우웅─

유한성의 검에서 살기충천한 검명이 울렸다.

소리만으로도 위험천만한 기분을 느낀 황군들이 더 뒤로 물러섰다.

"좋군!"

천뇌자가 미소를 지었다.

애송이라 생각했는데 절정을 한참 넘어선 고수였다. 그렇다면 마지막 순간 혼신의 힘을 다 뽑아내며 싸울 수 있을 것 같았다. 그렇게 남은 모든 것을 불태우며 스러지는 것도 괜찮을 것 같았다.

"오너라! 네 아비보다 강한지 기대하겠다."

천뇌자가 중단세로 검을 들어 올렸다.

반면 유한성은 성라검법의 기수식대로 사선으로 검을 내리고 있었다.

쉬이익—

천뇌자의 신형이 안개속의 그림자처럼 흐릿해졌다. 그리고는 어느 순간 그의 신형이 흩어지며 유한성의 코앞에서 솟아올랐다.

환영술과 극강의 신법이 합쳐진 공격수법이었다.

'끝이다!'

짤막한 고함을 속으로 터뜨리며 천뇌자가 검을 사선으로 그어 내렸다. 최근 십성을 이룬 환환현마검(幻還玄魔劍)을 극성으로 펼친 것이다.

환환현마검에 대해 미리 알고 있다면 다르겠지만 처음 대하는 이상 극성의 공력으로 펼치면 일대종사라 할지라도 피하기 어려웠다. 아무도 그렇게 움직일 것이라고는 예상하지 못하기에 그럴 수밖에 없다.

득의에 찼던 천뇌자의 눈이 경악으로 부릅떠졌다.

유한성의 신형이 어느새 일 장 뒤로 물러나 있었다.

'대체 어떻게?

천뇌자는 멍하니 유한성을 쳐다보았다.

환환현마검에 대해 미리 알고 있었든지, 공격하려는 순간의 의도를 먼저 읽지 않은 이상 불가능했다. 그런데 놈은 너무도 간단하게 피해 버렸다. 마치 속마음을 읽고 있기나 한 듯이…….

슈아아악―

이번에는 유한성의 검이 벼락처럼 떨어져 내렸다.

굉음과 함께 적룡검에서 섬전이 터지며 그물 같은 검기가 사방을 뒤덮으며 쏟아졌다.

천뇌자는 검을 앞으로 쭈욱 뻗었다.

수십 년 동안 연구한 검초였다. 그리고 이젠 자신의 환환현마검에 접목까지 시킨 검초이기도 했다.

츄파파파파팡―

천뇌자의 검에서도 섬전이 터졌다. 그리고 그의 몸이 안개처럼 흐려졌다.

파앗―

안개 속에서 핏물 한줄기가 튀었다. 동시에 흐릿해지던 천뇌자의 신형이 원래의 모습으로 되돌아왔다.

츄아악―

유한성의 검이 다시 천뇌자를 향해 맹렬하게 날아들었다.

천뇌자의 표정이 흠칫 굳어졌다.

자신의 어깨를 세차게 할퀴고 간 검초는 현천검문의 검초가 분명했다. 그리고 그 검초의 파훼식은 완벽히 익히고 있었다. 그런데도 어느 순간 빈틈을 파고든 검이 어깨를 할퀴었다.

츠츠츠—

천뇌자는 다시 환환현마검의 초식을 펼쳤다.

그의 몸이 흐릿하게 변했다. 하지만 유한성은 그가 솟아날 방향을 정확히 읽고 한발 앞서 움직이고 있었다.

파팟—

다시 선혈 한 가닥이 튀어 올랐다.

아까보다 몇 배는 더 굵은 선혈이었다.

천뇌자의 얼굴이 굳어지다 못해 하얗게 탈색되었다.

파훼식은 물론 환환신법도 통하지 않았다. 처음에는 우연이라 생각했는데 이젠 확신이 갔다.

놈은 환환신법의 움직임을 정확히 간파하고 한발 앞서 움직인다. 그리고 파훼식을 스며드는 검초는 자신이 아는 현천검문의 초식이 아니었다.

슈아아악—

천뇌자는 극성의 공력을 끌어올리며 유한성을 덮쳐 갔다.

섬전처럼 빠르며 환술 속에서 보이지도 않는 움직임이었다. 그러나 어느새 유한성은 신형을 움직였고 천뇌자의 몸에서는 핏줄 한줄기가 튀어 올랐다.

그런 과정이 수십 번이나 되풀이 되었다. 그러자 천뇌자의 몸에는 성한 곳이 한 군데도 없을 정도로 검상이 생겼고 그 검상에서 흐른 피가 천뇌자를 혈인으로 만들어갔다.

유한성이 자신을 농락하고 있다는 생각이 든 천뇌자는 이를 뿌드득 갈았다. 그리고는 온 내력을 다 끌어올려 유한성을 덮쳐 갔다.

슈아악—

유한성의 적룡검에서도 성라검기의 그물이 쏟아졌다.

천뇌자는 굳어지는 몸을 억지로 펼치며 검을 마주쳐 나갔다.

서걱—

허리 어림이 쩍 갈라지며 내장이 보일 정도로 벌어졌다. 그리고 그 검이 여세를 그대로 몰아 심장을 갈라왔다.

천뇌자는 필사적으로 상체를 뒤로 꺾었다. 그러나 그건 유한성이 바라던 바였다.

푸욱—

뒤로 꺾는 상체를 따라 유한성의 검이 섬전처럼 찔러왔고 깊숙이 심장을 파고들었다.

천뇌자는 불신 가득한 눈으로 심장을 파고들어 등 뒤에까지 관통한 한 자루 검을 쳐다보았다. 도저히 현실 같지가 않았지만 심장과 등에서 느껴지는 불에 지진 듯한 감각은 너무도 선명했다.

문득 자신의 모습이 예전에 자신이 죽인 그자의 마지막 순간과 똑같다는 생각을 한 천뇌자가 고개를 들어 유한성을 올려다보았다.

"내 아버지께서 느낀 마지막 고통을 열 배로 돌려주겠다."

유한성은 검을 잡은 손잡이를 세차게 비틀었다. 그리고는 천천히 검을 빼냈다.

"으아아아아악!"

천뇌자가 지옥 불구덩이에 빠진 듯 비명을 질렀다. 그런 그의 입에서 핏물이 함께 쏟아졌다.

"이건 내 몫이다."

한조산이 검을 휘둘러 천뇌자의 팔 다리를 하나씩 잘라나갔다.

쿵!

사지를 잘린 천뇌자의 몸뚱어리가 바닥으로 떨어져 내렸다. 아직까지도 천뇌자의 심장에는 다 빠져나오지 못한 유한성의 검이 박혀 있었다.

너무나 잔혹한 장면에 창검을 든 황군들이 연신 뒤로 물러나거나 고개를 돌리며 욕지기를 토했다.

파앗―

한조산의 검이 한 번 더 허공을 선회하자 천뇌자의 목이 바닥을 굴렀다.

두 사람의 싸움은 완전히 끝이 났다. 그러나 한참 동안 드넓은 황궁의 앞마당에는 정적이 감돌았다. 유한성과 한조산의 몸에서 여전히 퍼져 나오는 한겨울의 새벽 기운보다 더 차가운 살기에 누구도 쉽게 입을 열지 못한 것이다.

한참 후 누군가 와! 하는 환호성을 터뜨렸다. 그것에 전염이라도 된 듯 똑같은 함성들이 사방으로 퍼져 나갔다.

암흑 같은 시간이 지나고 이제 새로운 세상이 온 것이다.

그 세상은 아무리 못해도 지금까지보다는 나을 것이라는 확신이 함성을 더욱 부채질했다.

그 함성 속에서 유한성은 검을 내린 채 석상처럼 서 있었다.

한참을 그렇게 서 있던 유한성이 고개를 들어 하늘을 쳐다보았다.

버들가지처럼 하늘거리던 어머니의 모습이 떠올랐다. 그리고 그 옆으로 한 사내의 모습도 보였다. 얼굴은 흐릿했지만 누구보다 강직한 모습의 사내였다. 문득 그 사내의 얼굴에 자신의 얼굴이 겹쳐졌다.

'이젠 편히 쉬십시오.'

유한성은 천천히 고개를 숙였다.

"고생 많았다!"

몇 년은 더 늙어버린 듯한 모습의 사부 한조산이 유한성의 어깨를 두드린 후 대문이 있는 곳으로 걸어갔다. 진진이 유한성을 한 번 쳐다본 후 한조산이 또 어디론가 사라지지 않을까 노심초사한 얼굴로 한조산의 팔을 붙잡으며 따라갔다.

"오라버니!"

사진혜가 와락 울음을 터뜨리며 유한성의 품에 안겨들었다. 그녀도 한참 동안 혈전을 벌였는지 온몸에 피비린내가 진동했다.

"고생했다."

유한성은 사부 한조산이 자신에게 했던 것처럼 사진혜의 등을 두드렸다.

"공자님!"

창백한 얼굴의 제갈단영이 제갈신우와 함께 다가왔다.

"정말 고맙습니다, 공자님!"

제갈단영이 유한성을 향해 깊이 허리를 숙였다.

"고맙소, 유 형! 우리 가문에 오셔서, 아니, 이곳을 나가면 당장 동생과 함께 술 한잔합시다."

제갈신우가 유한성의 손을 굳게 잡았다.

"장내를 정리하고 자신의 자리를 지켜라. 지금부터 모든 황군은 삼왕야의 명령을 따른다."

누군지 수염이 허연 무장이 고함을 질렀다.

"와아!"

"와!"

황군들이 건물이 무너질 듯 고함을 질렀다.

"큰 신세를 졌군. 며칠만 이곳에서 지내게. 그만한 보상이 따를 것이네."

첩형 위정곽이 다가와 제갈신우와 유한성에게 당부했다.

"우린 우리 세상을 지키기 위해 한 일일 뿐입니다. 말씀은 고맙지만 사양하겠습니다."

제갈신우가 정중히 고개를 숙였다.

황궁과 얽혀봐야 좋을 것이 하나도 없다는 것을 그동안 뼈저리게 느낀 제갈신우였다.

"자네도 마찬가지인가?"

위정곽이 유한성을 쳐다보며 물었다.

유한성을 붙잡을 수 있다면 만 명의 황군보다 나을 것 같았기 때문이다.

"이곳과는 멀리 떨어질수록 오래 살 수 있을 것 같다는 생각이 드는군요."

유한성이 솔직히 말했다.

"그런 면이… 있긴 하지. 하하하!"

위정곽이 호탕하게 웃었다.

"우린 그만 나가자. 너무 위험한 곳이다."

유한성이 사진용과 사진혜를 이끌고 한조산이 사라진 방향으로 걸음을 옮겼다. 제갈신우와 제갈단영이 그 뒤를 따랐다.

귀로(歸路)
第百二十六章

　황음만 일삼던 황제가 축출되고 삼왕야가 황위에 오르며 황실은 급속도로 안정을 찾아갔다.

　새로운 황제는 제일 먼저 요공공의 창고를 열고 단심맹 소속의 환관들이 착취한 모든 재산도 압류하여 피폐한 민생을 돌보는데 쏟아부었다. 그리고 그동안 호환보다 더 무서웠던 세금을 반으로 경감하는 칙령을 발표했다.

　그 다음으로는 종이호랑이처럼 힘을 잃어가던 황군을 재편성하며 국경을 강화시켜 나갔다.

　하지만 강호무림은 한동안 피비린내 나는 전쟁을 계속했다.

홍화교에 일급령이 내려지며 쏟아져 나온 홍화교도와 무림맹의 전쟁은 근 반년에 걸쳐 이어졌다.

숫자는 일만 정도밖에 안되었지만 그들의 손에서 뿌려지는 악마적인 무공에 강호무림은 막대한 피해를 입었다.

그러나 황제가 바뀌어 황권이 급속도로 강화되자 황실과 무림을 충돌시켜 공멸하게 만들겠다는 홍화교의 계획이 수포로 돌아가 처음부터 어긋났다.

그런 중에도 가장 큰 타격은 천뇌자의 부재였다.

그 모든 계획을 수립하고 톱니바퀴가 돌듯이 수행하던 그가 사라지자 더욱 차질을 빚기 시작했다.

몽고족과 포달랍궁과의 연락도 거의 끊기고 더 이상 진척이 되지 않았다. 워낙 비밀리에 추진했기에 교주와 천뇌자 부자 외에는 제대로 내용을 아는 사람도 없어 더욱 그랬다.

나중에는 중원에서의 전쟁도 수송과 보급이 막혔고, 쏟아져 들어간 정보도 제대로 분석이 되지 않아 무림맹이 보낸 역정보에 현혹되어 계곡 안에서 폭사당하는 일도 생겼다.

그야말로 홍화교는 머리를 잃은 뱀이 되어갔다.

뱀이 아니라 거망이긴 했지만 머리를 잃은 상태에서는 헛된 몸부림밖에 칠 수가 없었다.

일급령이 내려지고 반년이 지난 다음 해 봄에 광동성의 한 밀림지대에서의 전투를 끝으로 홍화교는 언젠가 더 막강한 모습으로 복수를 하러 오겠다는 피맺힌 절규만 남긴 채 사라져 버렸다.

드디어 무림에도 평화가 찾아왔다.

그동안 무림맹의 피해는 수만에 이르렀지만 멸망과 더불어 한족의 씨가 마를 뻔한 위험은 벗어난 것이다.

*   *   *

무림맹이 전쟁의 승리를 공표한 그날, 기련산의 한 골짜기에는 약초 광주리를 허리에 낀 노인이 부지런히 약초를 캐고 있었다.

머리는 온통 하얗게 새고 수염 역시 하얗게 바람에 나부껴 흡사 선계의 신선이 지상의 약초가 필요하여 잠시 내려온 것이 아닌가 하는 생각마저 들게 했다.

노인은 잠시 약초를 캐는 손을 멈추고 하늘을 쳐다보았다. 그리고는 유심히 천기를 읽었다.

'이제 도착하였는가.'

노인이 허리를 쭈욱 펴고 계곡 아래쪽을 내려다보았다.

계곡의 아래쪽에서도 약초를 캐던 노인 못지않은 풍모를 한 갈색 장포의 노인이 올라오고 있었다.

잠시 후 두 노인이 서로를 향해 마주섰다.

"근 사십 년 만이구료, 노사."

갈색 장포의 노인이 만면에 미소를 띠며 약초를 캐던 노인에게 고개를 숙였다.

"그렇구료. 하마터면 못 알아볼 뻔했소이다. 허허!"

약초를 캐던 노인도 너털웃음을 터뜨렸다.

"그간 별고 없으셨지요?"

갈색 장포의 노인이 물었다.

"사람 사는 세상에 별고 없을 리가 있겠소. 수많은 일이 있었지요. 하지만 지나고 보니 한 자락 꿈이더이다."

약초 캐던 노인이 허허로운 목소리로 답했다.

"그렇지요. 인생사 모두 일장춘몽이지요. 허허허!"

장포 노인도 크게 동감한다는 듯 연신 고개를 끄덕였다.

"그래, 교주께서는 그동안 득도를 이루셨는지요?"

이번에는 약초 노인이 물었다.

"도는 무슨… 미망 속에 허덕이다 철들만 하니 저승 문이 코앞으로 다가왔더구료. 비로소 모든 것이 헛되게 보여 마지막으로 친구나 한 번 만나보고 가고자 여기까지 왔소이다."

장포 노인도 허허로운 목소리로 말했다.

"친구라… 허허허!"

약초 노인이 너털웃음을 터뜨렸다.

"결례가 되었는지요?"

장포 노인이 미소를 거두지 않은 채 물었다.

"아니올시다. 교주만 한 친구가 또 어디 있겠소. 그동안의 피나는 노력과 너무나 높은 대성의 문턱 아래에서 느낀 까마

득한 절망감! 그러다 어느 한순간에 찾아오는 돈오의 희열과
환희……. 그것들을 제대로 알아줄 사람은 정파무림도 아니
고, 내 제자들도 아직은 아니지요. 유일하게 교주만이 공감하
겠지요."

약초 노인이 고개를 끄덕였다.

"와 하하하하!"

장포 노인이 통쾌한 웃음을 터뜨렸다.

"역시 잘 찾아온 것 같소이다. 모든 것이 미망으로, 그리고
허상으로 무너져도 한 떨기 불꽃은 사그라들지 않더이다. 그
것은 바로 한 사람 무인으로서의 무에 대한 열망! 그 한 가지
이지요. 그런데 나의 그 마지막 정념의 불꽃을 그 누가 짐작
이나 할 수가 있겠소. 노사뿐이지요. 비로소 백아(伯牙)가 거
문고의 현을 끊어버린 심정을 이해하겠더이다."

장포 노인의 얼굴에 희열이 가득했다.

"모든 것이 미망이고 허상으로 느껴졌다면 교도들을 중원
으로 내몰지 말지 그랬소이까?"

약초 노인이 한 가지 의문을 표했다.

"미망 속에 빠져 있을 때는 누가 아무리 고함을 쳐도 그것
이 미망인지 알 수가 없더구려. 교도들 역시 마찬가지지요.
내가 막아놓았다 한들 그건 숯덩이 위에 톱밥을 뿌려 잠시 묻
어두는 결과밖에 안되겠지요. 결국은 훨씬 더 강한 불길로 다
시 타오를 수밖에요."

장포 노인이 먼 하늘을 한 번 쳐다본 후 말을 이었다.

"머리카락 검은 짐승들이 세상에 존재하는 한 피의 투쟁은 영원히 순환될 일이지요. 단지 내 대에 안 일어나면 다행이라고나 할까……."

장포 노인이 긴 한숨을 내쉬었다.

"그런가요? 그럴 수도 있겠구료."

약초 노인도 고개를 끄덕였다.

"그럼 먼 길 오셨는데 술부터 한잔하시구려. 그리고 한 사람 무인으로서 마지막 불꽃을 신명나게 한번 태워 봅시다."

약초 노인이 약초 광주리에서 술 한 병과 잔 두개를 꺼냈다.

"이심전심이구려."

장포 노인도 봇짐 안에서 육포 두 개를 꺼냈다.

"허허허!"

"허허허!"

두 노인이 술잔을 들고 신선처럼 웃었다.

＊　　　＊　　　＊

무림의 전쟁이 모두 끝나고 유검가의 후원에는 온갖 꽃이 만발했다. 그 꽃향기가 온 장원을 뒤덮는 오늘, 유한성과 하수린은 혼례식을 올리게 되었다.

아직 전쟁의 상처가 다 가시지 않은 터라 두 사람은 그럴 생각을 가지고 있지 않았지만 가문의 최고 어른이신 연화 대분인의 불같은 성화를 물리칠 수가 없었다.

연화 대분인은 이제 얼마 남지 않은 생, 죽기 전에 유한성이 낳은 고손자를 안아보고 싶다는 강렬한 열망과 함께 두 사람의 혼례를 종용한 것이다.

단지 당사자 두 사람만 미처 생각을 못하고 있었을 뿐, 양쪽 가문에서는 이미 오래전부터 여러 차례 의논을 하며 착실한 준비를 해놓았다.

유검가에서는 하검대의 검대원들을 허창의 정검가와 마찬가지로 독립을 시켜 유검가와 조금 떨어진 정주 외곽에 은하표국을 열 것을 제안했다.

은하표국은 산동성에 있었지만 그곳은 이미 폐허가 되어 있었고, 또 하수린의 가족들이 그곳으로 옮기면 유한성이 가문보다는 어린 시절의 추억이 어리고 어머니의 혼백이 서린, 산동에서 지내는 일이 더 많을 것 같다는 우려에 가주 유세천은 하유걸 부부를 간곡히 설득하여 유검가 가까운 곳에 표국을 열게 했다.

하유걸의 세 아들은 산동의 옛 가문으로 돌아가고 싶다고 했지만 어머니 임소령은 끔찍한 참사와 함께 폐허가 된 그곳은 다시는 가기 싫다고 했다.

그녀라고 그곳이 왜 안 가고 싶었겠는가? 하지만 홍화교

잔당들이 모두 멸망하지 않고 원한을 품고 밀림 속으로 숨어든 이상 언젠가는 다시 나타날 것이고, 그러면 예전과 같은 일이 벌어지지 않는다는 보장이 없었다. 그것을 염려한 임소령은 유한성이 언제라도 달려올 수 있는 정주유검가 인근에 은하표국을 열기를 원했다. 또 표국 일을 하는 데는 산동보다는 물자가 훨씬 더 풍부한 하남이 나았다.

긴 가족회의 끝에 하유걸은 유세천의 제안을 받아들여 정주 외곽에 표국을 열기로 했다. 그리고는 혼례를 치르게 된 것이다.

사부 한조산과 대사백 현유검, 그리고 사숙 진령검도 사문을 향해 떠나려던 발걸음을 잠시 멈추며 혼례를 기다렸다.

혼례식 며칠 전부터 유검가에는 정주는 물론, 하남을 넘어온 무림세가에서 명숙들이 속속 모여들었다.

이미 유한성의 명성은 강호의 신성으로 온 무림에 드높은 상태였다. 그것만으로도 충분한데 그 혼례식에 무림맹주 선운진인과 군사 제갈진, 그리고 소림, 무당의 장문인, 개방 방주, 모용세가 가주 모용영준 등 무림맹의 수뇌부들이 모두 참석하겠다는 뜻을 전해왔으니 목숨을 걸고서라도 달려올 수밖에 없었다.

뿐만 아니라 황실에서도 고관대작 몇 명이 황제가 직접 하사하는 선물을 가지고 참석한다는 연락이 오자 정주 일대는 전쟁터를 방불케 했다.

물밀 듯 몰려오는 하객들을 다 수용하지 못한 유검가는 정호회 타격대가 거주하던 장원까지 비워 숙소로 만들었지만 역부족이기는 마찬가지였다.

결국 인근 장원 몇 곳까지 애걸복걸하여 한 달 기한으로 빌려서야 하객들을 다 유치할 수 있었다.

"신랑 삼배!"

"신부 삼배!"

구성진 목소리와 함께 혼례식이 시작되었다.

"신부가 웃으면 첫아이는 딸이라던데. 와하하!"

누군가 고함을 질렀다.

"딸이면 어떤가? 엄마를 닮았으면 선녀가 따로 없겠구만."

다른 사람도 맞받아 고함을 질렀다.

"엄마 닮은 딸 열 명만 낳아서 나중에 내 손자며느리로 하나 주구려."

중년 여인 하나도 고함을 질렀다.

"아서요. 엄마 닮으면 천하절색일 텐데 손자 명 짧아지기 십상이오."

"딸이 아버지 닮을지 누가 아오?"

"그건 좀… 사양하겠어요."

"와 하하하!"

누군가 짓궂은 농담을 던졌고 웃음소리가 사방으로 퍼져

나갔다.

'내 새끼, 세연아……'

제일 상석에서 혼례 장면을 쳐다보는 연화 대부인은 미소보다는 눈물을 더 많이 흘렸다.

"어머니! 이런 날 어찌 눈물을 보이십니까?"

옆에 앉은 태상가주 유현승이 연화 대부인을 부축하며 말했다.

"그러게 말일세. 죽을 때가 되어가니 주책만 느는구나."

연화 대부인이 얼른 눈물을 훔치며 대꾸했다.

"무슨 그런 말씀을 하시는지요. 손자 손녀 열 명 나을 때까지 사시며 재롱을 보셔야지요."

가주 유세천도 거들었다.

"예끼, 이 사람! 악담을 하게나."

연화 대부인이 목소리를 높였다. 그러나 그녀의 노안에는 조만간 고손자 재롱을 볼 수 있겠다는 기대에 열기가 번져 나갔다.

아침부터 시작된 성대한 혼례식은 점심때를 한참 넘긴 후에야 끝이 났다.

워낙 많은 하객의 축하인사와 선물증정이 있는 관계로 그렇게 늘어질 수밖에 없었다. 그렇게 식은 겨우 끝이 났지만 잔치는 여전히 계속되고 있었다.

혼례에 참석한다는 생각보다는 무림맹 수뇌부들인 강호의

기라성들과 눈이라도 한 번 마주치려 참석한 사람들은 혼례식이 치러질 때보다 더 분주한 모습으로 움직였다.

그런 잔치가 닷새나 더 이어진 후에야 하객들이 모두 빠져나가며 유검가는 원래의 모습을 되찾았다.

"이제 우리는 사문으로 가보아야겠다. 사부님께서 약초를 캐러 가셨다가 발을 헛디뎌 부상을 좀 당하셨다는 소식이 와서 더는 지체할 수가 없겠구나. 무슨 그런 일이 다 있는지."

현유검이 이해가 안 된다는 듯 고개를 흔들었다. 사부 같은 분이 발을 헛디뎌 부상을 입었다는 것은 물고기가 물속에서 익사했다는 말과 비슷했다.

"덧나지는 않아야 할 터인데……."

한조산은 속이 타들어 가는 표정과 함께 초조해했다.

"내년 이맘 때 진진과 함께 네 사형제들을 보낼 테니 너도 사문에 와서 인사를 올리거라."

사부 한조산, 사숙 진령검과 함께 봇짐을 꾸린 대사백 현유검이 인자한 표정과 함께 말했다.

"알겠습니다."

유한성이 고개를 숙였다.

"그동안 조금만 더 부드러워지세요, 사형!"

진진이 신신당부를 했다.

"알았어, 사매. 내년에는 사매와 잘 놀아주는 사형이 되지."

유한성이 보일 듯 말 듯 미소를 지었다.

"제발 그 미소도 좀 크게 지으세요."

진진이 안타까워 발을 굴렀다.

"허허허!"

"허허!"

진령검과 현유검이 너털웃음을 터뜨렸다.

"먼 길 조심해서 가십시오."

유한성이 깊이 허리를 숙였다. 그를 따라 유검가의 식구들도 깊이 고개를 숙였다.

*　　　*　　　*

혼례를 치르고 부부가 된 유한성과 하수린은 어른들이 보는 앞에서는 말을 정중하게 했지만 둘만 있을 때는 여전히 어린 시절 친구처럼 지냈다.

오늘도 두 사람은 후원을 거닐었다.

"모든 것이 꿈만 같아."

하수린이 화창한 봄날의 정취를 만끽하며 말했다.

"나도 실감이 나지 않아."

유한성이 환한 미소를 지으며 대꾸했다.

"그렇게 웃을 줄도 알아?"

하수린이 눈을 동그랗게 뜨고 유한성을 쳐다보았다.

유한성의 그런 미소는 정말 처음이었다. 그리고 비로소 제대로 웃는 것 같았다.

그동안 유한성의 미소는 미소라기보다는 가슴에 가득 찬 응어리가 할 수 없이 새어 나오는 것 같았다.

"그렇게 웃으니 사람이 달라 보여."

하수린이 상기된 표정으로 유한성을 쳐다보았다.

이젠 그렇게 웃으며 편하게 살길 바랐다. 어깨에 짊어진 집채만 한 바위를 내려놓고 사람답게 살길 바랐다.

"앞으로는 언제나 그렇게 웃으며 살아."

하수린이 촉촉이 젖어드는 목소리로 말했다.

"노력하지."

유한성이 고개를 끄덕였다.

"대부인 마님께서 찾으십니다."

두 사람 앞으로 조심스럽게 다가온 시비가 연화 대부인의 말을 전했다.

"아침에 문안 드렸는데 무슨 용무실까?"

하수린이 약간 긴장한 표정을 지었다.

"가보면 알겠지."

유한성이 성큼 걸음을 옮겼다.

"혼례를 올렸다고 당장 손자가 태어나는 것도 아니니 그동안 고향에나 다녀오너라."

연화 대부인이 한없이 인자한 미소로 두 사람을 대하며 말했다.

"고향이라시면……?"

유한성이 의아한 얼굴로 증조모인 연화 대부인을 쳐다보았다.

고향이란 말이 어딜 뜻하는지는 알겠지만 한시도 안 떨어지고 옆에 두려하시던 증조모께서 먼저 어딜 다녀오라고 하시는 말씀은 뜻밖이었다.

"네 어릴 적 살던 곳으로 가거든 일꾼들을 사서 어머니를 모셔오너라. 그래서 내 아버지 옆에 모셔야 하지 않겠느냐."

비로소 증조모님의 말뜻을 안 유한성은 아무 대답도 하지 못하고 서 있었다.

"살아서는 못다 이룬 사랑, 죽어서라도 이루게 해주어야지."

연화 대부인이 손수건으로 눈물을 찍었다.

"흑!"

하수린도 울음을 터뜨렸다.

이젠 시아버지와 시어머님이었다. 두 사람의 너무나 기구한 운명과 안타까운 사랑이 가슴을 미어지게 했다.

"그렇게 하겠습니다, 증조모님."

유한성이 고개를 숙이며 답했다.

          *   *   *

"이 망할 놈아! 어서 일어나지 못하겠느냐? 넌 대체 이 험한 세상을 어찌 살아가려고 매일 낮잠이냐? 낮잠 잘 시간에 나무라도 한 짐 더 하면 장에 내다 팔아 동생 치마라도 하나 사지. 아이구, 내 팔자야!"

한눈에도 드세 보이는 아낙이 고래고래 고함을 지르며 마당을 쓸었다. 그러는 도중에도 몇 번이나 더 방문을 향해 고함을 질렀다. 아마도 낮잠을 자는 아들을 보며 애가 타서 채근을 하는 모양이었다.

견디지 못한 열대여섯 정도 되는 소년이 부스스한 얼굴로 배를 쓱쓱 긁으며 방에서 나왔다.

"이 망할 놈이, 소 죽은 귀신이 씌었나? 어떻게 매일 점심만 먹고 나면 드러눕기부터 하는 것이냐."

아낙이 고함과 함께 빗자루로 소년의 등짝을 후려쳤다.

"아야야! 아프단 말이야, 엄마!"

소년이 등을 움츠리며 고함을 질렀다.

"아프라고 때리지 예뻐서 때리냐, 이놈아!"

아낙이 다시 고함을 지르며 빗자루를 치켜들었고 소년은 이제까지와 달리 빛살 같은 속도로 밖으로 달아났다.

"지게 지고 가거라, 이놈아!"

아낙이 다시 고함을 질렀지만 소년은 벌써 저 멀리 줄행랑을 놓고 있었다.

"아이고 내 팔자야. 어디서 저런 게 나와 가지고……."

아낙이 가슴을 치며 울타리 옆 나뭇단 위에 걸터앉았다. 그리고는 긴 한숨을 내쉬었다.

"오랜만입니다, 아주머니."

한탄을 하고 있는 아낙의 앞으로 청년 하나가 다가와 인사를 했다.

"뉘신지……?"

후다닥 일어난 아낙이 청년을 쳐다보며 겁을 잔뜩 먹은 얼굴을 했다.

훤칠하게 큰 키에 바위처럼 단단한 어깨는 흡사 철탑을 연상시켰다. 절대로 이런 산골에 어울리는 사람이 아니었다. 모르긴 해도 단번에 산을 뛰어넘고 강 위를 날아다닌다는 무림인 같았다. 또 뒤를 따라온 비슷한 또래의 처자는 선녀가 하강한 것만 같았다.

"저… 한성입니다."

유한성이 다시 한 번 아낙을 향해 고개를 숙였다.

그녀는 유한성이 살던 아랫마을 아낙으로 바우 엄마로 불렸다.

유한성이 시력을 잃고 정수리로 뱀이 한 마리 스멀스멀 기어드는 느낌에 새벽에 뛰쳐나와 물속에 빠졌을 때, 물을 길러 나왔다가 유한성과 마주치며 깜짝 놀라 독을 깨뜨린 그 아낙이었다. 유한성은 그때 처음으로 사람의 형상을 불기둥 같은 열감으로 느낄 수 있었다.

"한성이라니⋯⋯? 설마 네가⋯ 윗동네 버들네의 아들 한성이란 말이냐?"

바우 엄마가 와락 달려들며 유한성의 얼굴을 뚫어지듯 쳐다보았다.

"아이고 맞구나. 이 눈매와 고집스런 입매는⋯ 한성이가 맞구나. 아이고!"

바우 엄마가 나뭇단 위로 털썩 주저앉았다. 그리고는 다시 일어나 반쯤 안다시피 하며 유한성을 쓰다듬었다.

"아이고 이게 꿈이냐, 생시냐! 네가 이렇게 헌헌장부가 되어 돌아왔구나. 네 어머니가 살아계셨더라면⋯ 아이고 버들네!"

바우 엄마가 대성통곡을 했다.

그러던 바우 엄마가 팅기듯 고개를 들었다.

"눈, 네 눈은 어떻게 된 것이냐?"

바우 엄마가 유한성의 얼굴을 다시 뚫어져라 쳐다보았다.

"다 나았습니다."

유한성이 빙긋 미소를 지었다.

"정말이지? 그게 정말이지?"

"그러니 아주머니를 알아보았지요."

유한성이 고개를 끄덕였다.

"아이고, 천지신명이여 감사합니다. 감사합니다."

바우 엄마가 마치 자기 아들이 눈을 뜬 것처럼 연신 하늘을 쳐다보며 허리를 숙였다.

"그런데 이 처자는?"

비로소 하수린에게도 신경이 미쳤는지 바우 엄마가 물었다.

"제 내자입니다."

유한성의 대답에 바우 엄마가 한동안 입을 다물지 못하고 하수린을 쳐다보기만 했다.

하수린은 환한 미소와 함께 바우 엄마를 향해 깊이 허리를 숙였다.

"아이고, 버들네……."

바우 엄마가 다시 바닥에 주저앉아 통곡을 했다.

"강씨 할아버지 부부는 잘 계시겠지요?"

바우 엄마의 통곡이 조금 잦아들었을 때 유한성이 물었다.

"암! 암! 잘 계시고말고. 황삼 부부가 자네 집에서 살며 친부모 모시듯 하고 있네. 자넬 보면 노인네들 심장이 멎지 않을까 모르겠네. 그래도 어서 가 보게. 나도 하던 일 마무리하고 따라갈 테니……. 오늘은 내 단벌옷을 팔아서라도 동네잔치를 벌이도록 하세나."

유한성이 장가를 들었단 말에 말투마저 바뀐 아낙이 떠밀다시피 하며 두 사람을 내쫓았다.

"저곳이 내가 살던 집이야."

마을 어귀 고갯마루에서 마을을 내려다보며 유한성이 말했다.

"그럼… 저분들은 강 노인 부부?"

하수린이 옆집 마당에 보이는 두 노인을 보고 말했다.

유한성은 뚫어져라 노인들을 쳐다보며 고개만 끄덕였다.

"아!"

하수린이 갑자기 비명을 질렀다.

유한성이 시선을 돌렸다.

"황삼, 황삼 아저씨야!"

두 노인의 옆집, 그러니까 예전에 유한성이 살던 집으로 들어가는 황삼을 발견한 하수린이 팔짝팔짝 뛰었다.

유한성의 가슴에서 울린 쿵쾅거리가 소리가 하수린의 귀에까지 들릴 것 같았다.

"뒤에 따라 들어가는 분은 그때 결혼한 아주머니겠지?"

하수린이 홍분으로 얼굴이 발갛게 달아오르며 유한성을 쳐다보았다.

유한성은 여전히 고개만 끄덕였다. 그러나 가슴이 쿵쾅거리는 소리는 더 커졌다.

"아이들도 있어. 하나, 둘… 셋, 넷… 다섯이나 돼!"

하수린이 더 크게 고함을 질렀다.

'다섯?'

유한성이 눈 사이를 좁혔다.

집을 떠나온 지 육 년이 좀 더 지났다. 일 년에 한 명씩 낳
았다면 가능도 하겠지만 그래도 너무 빠른 감이 있었다.

"둘은 쌍둥이 같아. 너무 귀여워."

하수린이 당장 달려가 안고 싶어 못 견디겠다는 듯 발을 굴
렸다.

"어서 가! 어서! 어서!"

하수린이 이젠 숨까지 몰아쉬며 유한성의 팔을 마구 잡아
끌었다.

유한성의 마음은 이미 강 노인 부부와 황삼을 향해 줄달음
을 치고 있었다.

『무정철협』 완결

끝까지 읽어주신 여러분께 고개 숙여 감사드립니다.

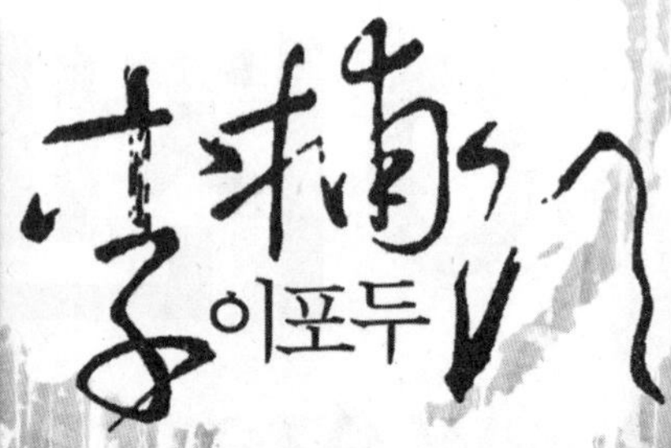

청어람이 발굴한 신인 「노주일」
그가 선사하는 즐거운 이야기!

내 나이 방년 스물셋. 대륙을 휘몰아치는 전쟁에서
간신히 살아남아 고향으로 돌아왔다.
사실 전쟁은 이미 이기고 지는 건 문제도 아니었다.
단지 전후 협상만이 탁상공론으로 오고 갔을 뿐.
하지만 전쟁터에서는 항시 사람이 죽어 나갔다.
이유도 알지 못한 채 그냥.
그러던 차에 전후 협상처리가 되고 나서 전역했다.
그리고는 곧장 뒤도 돌아보지 않고 고향으로!

『이포두』

내 가족과 내 친구가 있는 곳으로!

국내 최대 장르문학 사이트를 휩쓴 화제작!
여름의 더위를 깨뜨리며 차가운 북방에서 그가 온다.

『귀환병사』

열다섯 나이에 북방으로 끌려갔던 사내, 진무린
십오 년의 징집을 마치고 돌아오다.

하지만 그를 기다린 것은 고아가 된 두 여동생, 어머니의 편지였다.
그리고 주어진 기연, 삼륜공……

"잃어버린 행복을 내 손으로 되찾겠다!"

**진무린의 손에 들린 창이 다시금 활개친다.
그의 삶은 뜨거운 투쟁이다!**

HUNTER MOON

헌터 문

이훈 장편소설

보름달이 떠오르면 밤의 사냥이 시작된다.
헌터문(Hunter-Moon), 사냥꾼의 달.

귀개의 밤이 열리며 저물지 않는 달이 떠올랐다.
실체 없는 힘을 좇아 명맥을 이어온 퇴마사들,

이제 그들로 인해 세상이 뒤바뀐다.
[미녀들과 귀신 탐험대]의 사이비 퇴마사 예웅종과
그의 가족들이 펼치는 좌충우돌 퇴마기.

"퇴마사는 얼어 죽을! 그거 다 쇼야!"
"저기 하늘에 구멍이 뚫렸는데요?"
"으잉?"

Book Publishing CHUNGEORAM

유행이 아닌 자유추구 -
www.chungeoram.com